Summer Ghost

小說·夏日幽靈

原案 loundraw

小說 乙一

Summer Ghost

Original: loundraw

Novel: Otsuichi

本作品純屬虛構，與實際個人、團體、地名無關。

一

火球在線香煙火的尖端鼓起。包裹在紙撚裡的火藥融化後，化為高溫的火滴垂掛。

火球的下方比上方更明亮，顏色更鮮豔。因為四周的空氣經由熱量加溫後，產生上升氣流，朝下方輸送氧氣。火球微微顫抖，不久後開始啪滋啪滋地火星四濺。

一瞬間發出強烈光芒。蟲鳴聲突然消失，四周一片寂靜。這種感覺相隔有一年了。時間延緩，與這個世界的連結逐漸變得微弱。這是僅限此地才能產生的奇蹟。

小葵在我身旁。

阿涼站在我對面。

三人圍成一圈注視線香煙火。

「我們三人好久沒有像這樣聚在一起了呢。」

小葵表示。

我點點頭。

「是啊，最近有點忙碌，好不容易才能回來。抱歉讓你們久等了。」

「別在意。光是能見面就很高興啦。距離上次已經過了一年嗎？」

阿涼仰望天空。

早晨即將來臨的天空，與其說黑色，更像深藍色。

我想起某一位女性的身影。

她縹緲，若隱若現，存在還不穩定。

二

一年前的暑假，我站在大樓屋頂上。

俯瞰地面時，我心中想像。如果我從屋頂跳下去，幾秒鐘後會落地，撞擊地面呢？

所有自殺的男性中，據說約有七％選擇跳樓。在有高聳建築物的城市地區特別多。要說得注意什麼，就是別波及他人。在路人眾

多之處跳樓自殺的人，經常害死正好在下方的無辜民眾。可是有一部分決定自殺的人在當下精神錯亂，根本無法擔心路人

我自殺的時候，該從哪棟大樓跳下來呢？最好從離地二十公尺以上一躍而下，這樣保證死得透透的。應該趁有空的時候挑一下候選清單。在我茫然思索這些時，手機收到了訊息。約好要會合的兩人似乎已經到了店裡。

我離開屋頂，搭電梯前往咖啡廳所在的樓層。一進入便聽到店內播放平靜的音樂。而且冷氣很強，十分涼爽。有兩名像高中生，穿便服的男女坐在窗邊的圓桌，一直盯著我瞧。雖然我們第一次見面，但我立刻認出來。女性肯定是春川葵，男性則是小林涼。前幾天我和他們透過訊息交流過。

我接近他們坐的座位。

「兩位是葵同學與涼同學吧。」

「喔，是的。」

表情緊張的小葵點頭問候。她讓我想起小動物，是個子嬌小又可愛的女孩。

「你好啊，友也同學。」

阿涼舉起一隻手喊我。街頭系裝扮讓人印象深刻。他的容貌端正，舉止得體。

我拉開座椅坐在同一張桌子旁。這張桌子是圓的，我們三人正好一人一百二十度，面對彼此。首先我們點飲料，隨口聊個幾句，降低第一次見面的緊張。透過對話，我們得知彼此的年齡與居住地區。我和阿涼是十八歲，高三，小葵則是十七歲，高二。彼此的住家似乎相隔幾站電車的距離。

休息一會後，我們決定進入正題。我從書包掏出地圖，在桌上攤開。

「好，那就來聊聊【夏日幽靈】吧。」

郊外的縣界以前有一座機場。是中日戰爭時代在日本陸軍要求下建設的。據說在二戰末期，戰鬥機隊曾部署在此地，以攔截飛到首都圈的轟炸機。到了戰後，民間航空公司也利用過，起降飛往離島的不定期班機。但是不久前公司經營不善而破產，機場跟著關閉。目前航廈與塔臺已經拆除，只剩下有跑道的廣大空地。目前縣政府正在協議如何有效利用土地。但從我懂事以來始終沒有動靜，大概已經遭到遺忘了吧。

不時有年輕人偷偷溜進這片空地玩耍。【夏日幽靈】就從幾年前開始在這些年輕人之間流傳，類似都市傳說。

「第一次目睹的案例是三年前的夏天。似乎是擅闖機場遺址，放煙火的國中生見到的。」

我邊說明邊指向大比例尺地圖上的一點。這片只有河川與平原的地方，有一塊四方形的空白部分。該處就是機場遺址。

「第二次目睹案例是隔年夏天。一群偷偷溜進此地的小學生碰到。聽說那些小孩也是在跑道上玩手持煙火。」

「煙火嗎……」

阿涼嘀咕。

「據說夏天在這裡玩煙火，【它】就會出現。另外還有其他目睹情報，包括帶家人的，飆車族，或是獨自溜進機場的……全都發生在夏天，玩煙火的時候。」

「如果傳聞屬實，【它】是女性吧？」小葵說。

我從書包取出素描簿，以鉛筆邊畫圖邊說明。在紙上照描腦海中想到的形象。

「外表是女性，年約二十歲。黑長髮，穿著裙襬很長的深色裙子。要重現的話，大概長得像這樣。」

以網路上收集的資料為基礎，我迅速畫出【夏日幽靈】的想像圖。看到我的畫，小葵佩服地表示。

「友也同學畫得真好呢。」
「我國中時是美術社的。」
當時老是在素描石膏胸像，現在則會懷念那段時光。
「她明明是幽靈，卻有腳呢。」
看到我畫的想像圖，阿涼說。
「好像是的，如果網路傳聞可信的話。」
【夏日幽靈】。
只在夏季出現的女性幽靈。
「聽說她是自殺的女性幽靈，真的嗎？」小葵問。
「不知道，終究只是傳聞。實際遇見後再問問看吧。」
畢竟我們就是為了找她而聯絡彼此，今日在此地集合。

走出咖啡廳後，我們隨即出發。先在居家商場購買幾種煙火，然後跳上公車。

離開車站前的商業區域後不久，車窗外的建築物便稀稀落落。郊外是一大片荒地，車上幾乎沒有其他乘客，只剩我們三人與司機。

我們走下公車的地點，完全是一片縣界的荒地。然後我們一邊確認地圖，同時走在沒鋪柏油的路上，前往機場遺址。太陽開始西斜，天空逐漸染成紅色。

走著走著，小葵停下腳步。阿涼回過頭來。

「怎麼了？」

「喔，沒什麼。只是冷靜之後覺得，幽靈有一點可怕呢。」

「那妳可以回去沒關係。不過我要去。」
然後阿涼繼續往前進，我也跟在他後頭。小葵這才急忙跟來。
其實我們不知道【夏日幽靈】是否真的存在。可是我們想見她，與她聊幾句。因為我們有事情想問她。
死亡是什麼樣的感覺？
會痛嗎？
很難受嗎？
如果她是幽靈，應該能以過來人的身分回答我們。
來到丘陵頂端往下俯瞰，有一片鐵絲網圍住的廣大空地。跑道在長方形的平坦土地上延伸。遠遠都看得出跑道久經棄置，已經坑坑疤疤。曾經的建築物遺址只剩下水泥地基。除此之外的地面長滿了茂盛的雜草。

「那就是機場遺址嗎？」

「好像是。」

「要從哪裡進入？」

「靠近一點看看。」

我們試著走下丘陵。標示土地邊界的鐵絲網已經生鏽，形狀也歪七扭八。沿著鐵絲網走一段路，隨即發現破洞。破洞的形狀與其說自然損壞，更像有人強硬撬開。我們鑽過破洞，溜進空地。

然後我們撥開雜草，來到跑道上頭。

「哇，好棒喔。這裡真舒服。」

小葵聲音開心地表示。

平坦的地面延伸至遙遠的彼端，連結夕陽下的天空。

阿涼將裝煙火的袋子放在跑道上，取出內容物。我們之前買了各式各樣的煙火。

「你認為真的有【夏日幽靈】嗎？」

阿涼問我。

「也有可能只是傳聞。或是三年前有人半開玩笑瞎編的故事。」

「為什麼是三年前？」

「因為更早以前沒有人見過。神奇的是，【夏日幽靈】從三年前突然在網路上傳得沸沸揚揚。」

阿涼在地面上設置噴泉狀的煙火。我掏出打火機點燃引線，煙火隨即噴出色澤鮮豔的火光。雖然天色還亮，不過綠色與粉紅色的光芒洪流十分美麗。小葵發出感嘆的聲音。

火藥燃燒的氣味與煙霧瀰漫在一起。衝鼻的氣味不會讓人感到難受。讓我想起自己還很小，天真燃放煙火玩的時候。

光芒噴泉大約二十秒後結束。所有火藥燃燒殆盡，回歸寂靜後，我感到有點惋惜。原來已經結束了啊。

「涼同學，接下來點這一支吧！」

小葵樂在其中，彷彿已經忘記【夏日幽靈】。她伸手在裝煙花的袋子裡尋找，將下一支煙火遞給阿涼。

太陽下山，天色逐漸變暗。暑氣跟著緩和，吹起涼爽的風。星星開始在天空閃耀。我們在景色不受遮蔽的跑道正中央，接連點燃煙火。五光十色的火星照耀我們的臉。

幽靈沒有出現，只有煙火的垃圾增加。我們當然沒有準備裝水的桶子滅火。煙火的垃圾都集中放在腳邊。

「【夏日幽靈】沒有出現呢。不過我們也玩得夠久了，再不回去會有麻煩。」

阿涼表示。考慮到回程所費時間，的確必須該離開了。買來的煙火也所剩無幾，我們三人都盡興地暢玩手持煙火組。目前只剩下幾支同一套內包含的線香煙火。

「最後放這些。」

我將線香煙火分別交給小葵與阿涼。這款煙火在五顏六色的紙撚尖端包裹了少量火藥。一人手裡一支，以打火機的火炎灼燒線香煙火的尖端。

「其實我啊，之前有點相信幽靈，很好笑吧。不過最近難得玩得這麼痛快，我很開心。謝啦。」

阿涼很少表達情感。即使在跑道上放煙火，他也沒有像小葵一樣嬉鬧，而是默默注視煙火。但他只是沒開口，其實他似乎樂在其中。

這樣就好。

即使面臨死亡，只要內心還能感受到快樂，就是好事。

尖端的火藥點燃後，線香煙火轉化為紅色的火滴。這顆俗稱火球的球體發出滋滋的聲音，同時微微震動，開始火星四濺。橘色煙火讓人聯想到松葉，圍著線香煙火的尖端產生又消失。

「我也難得這麼開心。沒有想起討厭的事情。」

小葵開口。

這時候，線香煙火的火星突然劇烈燃燒。整支線香煙火的尖端啪滋啪滋地大聲作響，發出閃光。

「好燙……！」

小葵忍不住放開線香煙火。

劇烈的火星隨即平息。

「剛才那是怎麼回事？」

「誰曉得……」

我回答阿涼的疑問。難道煙火有瑕疵嗎？

四周安靜得很詭異。既沒有風吹拂雜草的聲音，也沒有剛才微微聽見的蟲鳴。

線香煙火目前依然在產生火星。但奇怪的是，火星緩慢地在空中留下軌跡。剛才明明在短暫瞬間呈現松葉的形狀，現在卻彷彿拉長了時間，可以觀察到光芒在空中留下軌跡。

「怎麼回事……？」

小葵疑惑地開口。我看向她視線的彼端，發現剛才她鬆手的線香煙火固定在空中。維持掉落地面途中的模樣，飄在半空中。

情況不對勁，時間流動有異。現在的時間接近靜止狀態，線香煙火的火星也消失了。只有幾顆極微小的光粒子飄浮在火球周圍。我明白為何看起來像火星了，實際上是光粒子的殘影。極小的光點高速飛行，分裂，劃出的軌跡殘影在人眼呈現火星的形狀。

然後我忽然感覺到有人的視線。而且似乎不只我，阿涼與小葵都抬頭環顧四周。現場籠罩在緊張感中，空氣冰冷，感覺既鬱悶又凝滯。

從身後傳來嘆氣聲。

可是我後方明明沒人。

我戰戰兢兢回頭確認。發現她不知何時，無聲無息站在該處。是女性，她站在龜裂的跑道與雜草叢生的邊緣附近。很像我們來之前，我在咖啡廳畫在素描簿上的想像圖。黑長髮的年輕女性，膚色白皙，氣色不好。從深色長裙下方伸出的腳還穿著鞋子。但不可思議的是，她毫無實際存在的感覺。彷彿一碰到就會消融，給人虛無縹緲的印象。

小葵與阿涼似乎驚訝得發不出聲。其實我也差不多，但我心想必須說些什麼，於是我向她開口。

「……請問是【夏日幽靈】小姐嗎？」

這是網路上流傳的名字，她本人未必知道。而且她能以言語溝通嗎？可是現在已經無法回頭了。

她歪著頭，筆直注視我們。

我發現她踮腳站著。不，她不是站著。準確來說，是她的腳尖離地僅僅幾公分。她飄浮在空中，彷彿體重不存在。

貨真價實的幽靈。

原來【夏日幽靈】的傳聞是真的。

社會上有種叫做自殺系的網站。意圖自殺的人會聚集在一起，透過留言板交換意見。有人傾吐自己心中的煩惱，也有人請教怎麼死不會痛苦。我、小葵和阿涼就是在這類留言板認識的。想知道與自己住同一地區的高中生，是否同樣有人想自殺。於是嘗試在留言板上發文詢問。

沒見過彼此的我們，就這樣透過網路交流。彼此以簡訊溝通過好幾次，得知對方並非釣魚。是貨真價實的高中生，而且真的有意自殺。

小葵似乎在高中遭到霸凌。即使向老師求助，老師也不理她。據說連家人都對她不聞不問，因此她活得很辛苦。

阿涼則罹患難以治癒的重病，聽說壽命剩不到一年。他覺得與其飽受疾病侵蝕，坐等疼痛與苦楚加劇，乾脆先自我了斷。

相較之下，我的煩惱簡直微不足道。可能我原本就對活著十分消極。我並未在高中受到霸凌，也沒有身患重病。只是隱約感到活著好累。

「死後還會有校園種姓制嗎？」（註1）

「誰曉得呢。可能基本上都孤零零一人吧。」

「是嗎，太好了。這樣比較輕鬆。」

「反正和別人在一起，不全然都是好事。」

小葵與【夏日幽靈】在對話。

註1　學生依據社交能力或外貌等差異，自然產生的階級序列。不善社交的學生經常遭到霸凌。

出乎意料，她是可以溝通的幽靈。

過了一開始的驚訝後，我們已經恢復鎮靜。一般情況下，面對靈異現象應該會嚇得落荒而逃。據說實際上之前目睹到她的人，都在混亂與恐懼中失去理智，爭先恐後逃出機場遺址。

而我們已經事先做好心理準備。況且就是為了見她一面，我們才來到此地。所以見到我們沒有嚇跑，甚至希望對話，反而是她感到吃驚。

還說「來的孩子真是奇怪……」

另外她似乎叫佐藤絢音，可能是她生前的名字。她也並非一開始就是幽靈，在化為幽靈之前是活人。

外表大約二十歲上下，黑長髮，穿著深色長裙。纖細的脖子上戴著銀色項鍊，上頭的裝飾比鮮血更加赤紅。美麗的容貌讓人聯想在美術館見過的繪畫。貌似憂鬱的陰沉氣氛，與縹緲的白皙肌膚更凸顯她的神祕感。

她好像能依自己的想法，選擇飄浮或站在地面。與小葵說話的當下，她正站在地上。

「小葵對死後的世界感興趣嗎？」

「是的，學校實在太爛，這個世界爛透了，所以我想一死百了。」

「原來如此。可是我也無法清楚回答死後世界的情況。畢竟我瞭解不多。」

「難道絢音小姐並非活在死後的世界嗎？」

活在死後的世界是什麼意思啊？

在不遠處聽兩人交談的我如此心想。一旁的阿涼似乎也有相同想法，和我對望後聳了聳肩。

「我啊，只是死後在這座城鎮附近徘徊。畢竟我沒遇過其他死者，或許正常情況下，其他人都會前往類似彼岸的地方。」

佐藤絢音說到這裡，抬頭仰望夜空。

「話說線香煙火怎麼會變成這樣？」

看著三支飄浮在離地幾十公分的線香煙火，阿涼表示。自從絢音出現後，我和阿涼都放開手中的線香煙火，但是煙火都停在掉落地面的中途。

「時間暫停了吧，大概是。」

周圍的雜草也沒有搖晃，甚至有好幾隻飛行的翅蟲固定在空中。

「究竟是什麼原理才變成這樣？」

「可能是我們的意識流動加速至極限，所以時間看起來像是暫停了。」

其實我還有疑問，這種情況下為何我們的身體還能正常活動。視網膜必須捕捉光線，人才看得見事物。如果時間靜止，光線也跟著中斷，照理說四周會變得一片漆黑。衣服還會固定在空中，導致無法動彈。可是我們卻能正常活動。或許我們進入了與正常物理空間分離的地方。

「算了，想再多也無濟於事。」

阿涼嘆了一口氣。

貌似對話告一段落，小葵向我們兩人開口。

「兩位同學，一起來參與討論嘛。機會難得，有沒有什麼事情想問絢音小姐？」

「我就不用了。能遇見幽靈，我已經夠滿足了。」阿涼說。

傳來小葵與絢音交頭接耳的聲音。

「阿涼他生了重病，已經活不久了。」

「別隨便透露他人隱私好不好。」

從氣氛感覺得到，阿涼似乎並非真的發脾氣。反而自從【夏日幽靈】出現後，他心情一直很好，彷彿碰上了什麼好事。或許能以這種方式遇見靈體，沖淡了些許對死亡的恐懼。佐藤絢音即使死亡後也沒有消滅，依然保持自我。這件事可能讓他的內心感到平靜吧。

我們都在考慮自殺，卻又很害怕死亡，對消滅感到恐懼。所以想遇見幽靈這種事物。這次活動的主旨就是向體驗過死亡的前輩請教意見，並且思考該如何為人生畫上更好的句點。

阿涼似乎沒有想問的問題。於是我舉起一隻手，詢問【夏日幽靈】。

「死後與活著的時候，有什麼地方不一樣嗎？」

佐藤絢音看著我。她的眼眸很昏暗，卻很漂亮。一如會覺得夜晚的黑暗很美麗。

「很多地方啊。比方說，可以不用繳稅。」

「不是這個意思。我想知道世界在死人的眼中，看起來是什麼樣。」

「有沒有人說你太過認真？」

佐藤絢音扠起手，表達不滿。

小葵手扠腰表示。

「友也同學，這樣會不受女生歡迎喔。」

似乎在指責我無視她剛才說的笑話。

「不好意思，我道歉。」

「你看起來不像打從心底道歉。只是配合對方的看法吧？」

這句話聽得我心驚膽顫，因為我心知肚明。我這人總是觀察對方的神情，再以對方想看到的反應回覆。

「那我再一次提出疑問。如果死亡，能不能逃離活著的痛苦？」

傳聞中，【夏日幽靈】是自殺的女性幽靈。

如果她是自殺，代表生前的她有某些煩惱。死後能從煩惱中獲得解脫嗎？

小葵與阿涼似乎也對這個問題的答案感興趣。我們都靜待她的回答。

「要看人吧？每個人的情況應該有差別。至少我的情況……」

說著她頓了半晌，略為閉起眼睛。

難道她想起了生前的事情嗎？

「還是算了。我怎麼樣一點也不重要。」

這時候，視野角落出現橘色的光芒。

剛才固定在掉落中途的線香煙火發出火星。

從火球產生的極小光芒微粒分裂，分叉出枝椏，描繪出松葉狀的軌跡。

一開始十分緩慢，然後速度愈來愈快。時間的流逝逐漸恢復正常。

佐藤絢音開口。

「活人與死者的世界正恢復原本的連結。我必須離開了。」

「已經要結束了嗎？」

小葵似乎還依依不捨。

【夏日幽靈】向我們揮揮手，面露微笑。

「和你們三人聊得很開心，再見啦。我好恨呀。」

我一臉困惑，身旁的小葵倒是很自然地揮手回應。

「好恨呀，絢音小姐！」

在風吹拂下，雜草晃動。翅蟲來回飛舞，線香煙火掉落地面後熄滅。

絢音的身影消失無蹤，留下我們三人呆站在原地一段時間。

三

暑假期間有一天必須返校。好久沒來的教室裡十分熱鬧。

班導師找我放學後去談話。同學走光後的教室內，我和班導師隔著桌子面對面。

「你還沒決定嗎？」

「是的。」

「憑你的學歷，應該考哪裡都會上。」

第一學期中期會舉辦出路輔導與個人面談。關於畢業後的出路，班導師問我想考哪間大學。但當時我沒能清楚回答。

「我想和媽媽討論後再決定。」

「暑假結束前要鎖定報考的目標啊。」

班導師手中有一份我的模擬考成績。每一科的評分從A到E分為五個階段，我每一科都是A。我以考大學為前提和班導師談過。班導師的態度似乎希望我盡可能選擇偏差值高的大學。大概是教出優秀的學生，可以提升班導師在工作上的評價。（註2）

註2　偏差值常用於日本衡量考生的分數排位，愈好的大學需要愈高的偏差值。

「如果所有同學都像你一樣，老師就不用這麼費心了。」

班導師嘆了一口氣。

走出校舍後，我搭電車回家。

曝晒在八月的強烈日照下，我從車站沿著人行道走回公寓。行道樹的枝葉在四處形成樹蔭，帶著嬰孩的夫婦坐在長凳上休息。看起來好幸福。我們家是不是曾經也像這樣呢。

從我懂事時，爸媽就經常吵架。兩人在我小學高年級的時候離婚，目前我和媽媽住在一起。

我搭乘公寓電梯來到住家所在樓層，打開大門。媽媽上班不在家，所以到晚上我都獨自一人。開啟房間冷氣後，我換掉流汗溼透的制服，穿上乾淨的便服。

然後我打開衣櫥，抽出藏在冬季衣物縫隙中的素描簿。畫在最新一頁的是【夏日幽靈】，也就是佐藤絢音。是我前幾天在咖啡廳，與小葵和阿涼第一次見面時畫的想像圖。明明是見到本尊前畫的，不知為何卻很相似。

我將素描簿藏在衣櫥內，以免媽媽發現。就像遭到宗教迫害的基督徒，將念珠藏在地板下一樣。如果讓媽媽發現這本素描簿，很有可能保不住。自從我上高中後，我的木製畫架、畫布、顏料、畫筆與幾張獎狀全讓媽媽當成垃圾丟棄。美其名為讓我集中精神念書。媽媽不知道我至今依然在偷偷畫畫。

在媽媽到家之前，我決定邊聽音樂，邊在素描簿上畫畫。總覺得要是沒有定期畫畫，學會的技術與直覺會變遲鈍。我以軟芯鉛筆在紙張表面上拉出線條。描繪前往機場遺址的三人，延伸至鐵絲網的跑道，以及佐藤絢音的模樣。

如今我難以相信當天發生的事情，甚至懷疑自己是不是在做夢。該不會我們三人同時做了白日夢吧。可是【夏日幽靈】的確存在，還有明確證據證明我們和她對話過。她的名字是佐藤絢音。

後來我在網路上搜尋他的名字。心想或許能查明她的身分究竟是誰。結果我發現可能屬於她的資訊。

三年前，有位名叫佐藤絢音的二十歲女性失蹤。第一次目睹【夏日幽靈】的情報是三年前的夏天。如果假設她當時已經死亡並失蹤，那就說得通了。她並非我們三人做的夢。而是的確曾經存在的人。

不知不覺中窗外天色變暗。我聽見媽媽到家的聲音後，闔起素描簿，然後急忙收起素描用的鉛筆。

隨後我在餐桌上，與媽媽一起吃晚餐。菜餚以買的現成菜色為主。媽媽只在工作提早結束的日子才下廚，有時候我也會煮飯。

「今天是返校日吧？學校怎樣？」

「沒什麼，很普通。」

「普通是什麼意思？講清楚定義。」

媽媽畢業於數理系大學，在一流企業上班。對模稜兩可的詞彙很嚴格。

「意思是沒有值得聊的話題，也沒有發生什麼趣事。」

我看著用餐的媽媽，心想我死掉的時候，媽媽會怎麼想。會哭嗎？可能會吧。會想起襁褓時期與學齡前的我，受到失落感呵責嗎？我對媽媽抱持某種恨意，同時又帶有親子之愛，因此我會感到歉疚。

吃完晚餐後，聊到升學的話題。媽媽取出工作用的筆電，開啟試算表程式。上頭記錄了我所有的成績。

「看看你的數學，粗心錯一題結果沒考滿分。還不好好反省。」

每一項我做錯的地方都挨了罵。即使我每一科的評分都是A，媽媽也從不誇我。對她而言，誇獎我似乎與溺愛畫上等號。她一直認為如果誇獎我成績優秀，我會驕傲自滿，然後鬆懈大意。

我現在扮演優等生，服從她以免惹她生氣。不過念小學的時候，我經常反抗媽媽。每一次她都對我這麼說。

「我還不是為了你的幸福著想，才會這麼說。」

可以窺見媽媽為人母，替孩子著想的立場。讓我覺得自己不應該反抗，反抗是錯的。最後我在內疚之下，被迫服從她的命令。

「我已經配合你的學力，篩選了幾間大學。等一下你自己看看招生手冊。」

她已經幫我收集了報考的應試大學資料，一疊招生手冊放在餐桌上。由於她已經自行幫我安排要考的大學，說輕鬆的確輕鬆。如果我像個沒有自我想法的人偶，應該會這麼想。

「知道了，待會我會挑選。」

接過手冊後我如此回答，媽媽對我露出滿意的表情，我這才鬆口氣。如果我沒選錯對話中出現的選項，今天就能避免惹她生氣，畫上句點。和媽媽住在一起得繃緊神經。

其實我並不恨媽媽。我知道她為了支撐家計，一直在飯廳的餐桌上工作到深夜。她甚至開著筆電，趴在桌上睡著。我也幫忙拉上窗簾，以免她感冒。因為愛之深，她才對我責之切。我明白這一點，可是卻不時感到快窒息。

以前我參加美術社時慣用的畫材用具，在媽媽眼中全成了垃圾。但她肯定認為這是為了我的人生著想。如果我一直花時間在興趣上，真正重要的念書時間就不夠。她始終相信沒考上大學就會淪為失敗者，悲慘一輩子。為了我，她確信這麼做是對的，才會丟掉畫筆與畫具。

飯後我們輪流清洗餐具。今天輪到媽媽洗碗，我先去洗澡。在就寢前我們分別自由運用時間。極少數情況下我們會一起看電視。

到了就寢時間，躺在床上入睡前，我想起爸爸。

爸爸個子很高，脾氣溫和，我從未見過他發脾氣。或許是因為媽媽嚴格，相較之下才會覺得他脾氣好。爸爸精通英語，以翻譯為業。小時候似乎曾經住在美國，大概是當時學會的英語技巧。另外爸爸全家都接受基督教的洗禮，他自己也是基督教徒。

但他並非狂熱信徒，也沒有在用餐前祈禱。只在星期天參加禮拜，捐贈一點點錢。我不知道信仰在他心中占多少分量，但可能對翻譯這份工作有利。美國人的基督徒比率約為七十五%，理解基督教精神基礎對工作多半有幫助。

即使時間不長，但不信宗教的媽媽究竟怎麼和爸爸結婚的？現在我反倒很驚訝。據說他們是談戀愛後才結婚。在日本有信仰宗教的自由，媽媽理解這一點，才沒抱怨爸爸的信仰。但媽媽只反對一件事，就是不准爸爸星期天帶我參加禮拜。她似乎堅決不讓我成為基督徒。

爸爸信仰基督教，媽媽相信科學。當初結婚時曾經試圖接受彼此，最後似乎依然以悲劇收場。

「難道他真以為什麼神明存在？別笑死人了。」

以前媽媽一直背地裡嘲笑爸爸。

離婚後爸爸離開家裡。家裡五花八門的擺設全讓媽媽當垃圾扔了。包括在星期天的禮拜上，朋友贈送爸爸的小型瑪利亞像，還有旅行途中買的天使造型伴手禮。以前爸爸還在這個家的時候，家裡擺滿了色彩豐富、各式各樣的飾品，現在通通沒了。

如今家裡既無趣又空洞。好像監獄一樣，除了吃飯睡覺以外沒別的事可做。我和媽媽就在這種空間內開始生活。

我和媽媽都沒有宗教信仰，不相信神明存在。當我內心毫無歉意，思考自殺的時候，才發現自己沒有信仰。不只基督教，世界上各式各樣的宗教都視自殺為禁忌，會告誡信徒，自殺者的靈魂在死後世界會十分悲慘。根據基督教的基礎思維，人的生命也屬於神明。自殺等於奪走屬於神明的生命，所以是背叛神明的行為。有一種說法是，不信仰宗教的日本人比例較高，所以自殺率特別高。

如果我和爸爸都信基督教，思考自殺時心中會產生苛責般的感覺嗎？

生命是屬於創造主的。真的是這樣嗎？

「如果沒有我生你，你在這個世界就不存在。所以你得感謝我。」

每當我反抗時，媽媽總用這句話堵我。

我不記得自己出生時的事情。但我希望至少死的時候，是自己選擇的。

趁著補習班的休息時間，我以手機的通訊軟體與小葵和阿涼交談。我們三人建立了群組聊天室，聊了一會前幾天的靈異體驗。

「原來真的有幽靈啊。我覺得愈來愈可怕了。」

小葵似乎相當怕這些靈異現象。根據她的說法，【夏日幽靈】

可以溝通，所以還能接受。但她擔心身邊出現無法溝通的幽靈，才會感到不安。

阿涼正好相反，十分坦然。

「她降低了我對死亡的恐懼，現在我非常感謝她。友也你呢？」

「我覺得還好。真要說的話，我想再和她聊一聊。想問問她關於死後的世界。雖然她本人似乎也不清楚。」

目前隱約得知，佐藤絢音似乎以靈體狀態在鎮上徘徊，而且她不知道其他死者消失到哪裡去。假設存在現世與彼岸這兩層不同的世界好了，她現在等於徘徊在兩層間的狹縫吧。

討論【夏日幽靈】告一段落後，我們彼此報告日常生活。暑假期間，小葵似乎一直躲在家裡玩遊戲。阿涼則會定期前往醫院，聽說他每天都服用大量藥物。

「友也同學呢？你最近在做什麼？」

小葵傳訊息問我。

「每天都上補習班啊。畢竟我是考生，在念書。」

暑假這時候，補習班會針對考生舉辦特別講座課程。學生們從早到晚坐在補習班教室內，與題庫奮鬥。

「這有意義嗎？」

阿涼傳訊息提問。

「反正你要自殺吧？考前衝刺有任何意義嗎？」

「的確是！」

小葵贊同。

「換成我就會徹底擺爛，一頁書都不看。」

兩人的發言有幾分道理。如果要自殺，大學入學測驗與考前衝刺都毫無意義。

「別浪費時間在念書上，先做自己想做的事吧。」

「阿涼這番話有分量呢。」

可是在決定走上絕路那一天之前，我又想盡可能平靜地生活。如果整天玩耍，媽媽會發現不對勁，屆時多半很麻煩。我計畫繼續假裝優等生應付媽媽，同時準備自殺。

有人在自殺系網站的留言板揪團，找人參加集體自殺。缺乏勇氣獨自尋死的人，要聚集在一起走上絕路。可是目前我、小葵和阿涼並未討論過一起死。我們打算分別自我了斷。

「你們兩人準備何時要死？」

我問兩人。

「我大概會選年尾吧。避免與你們撞期。」

「同一天自殺也沒關係吧？」

「我覺得錯開日期，參加葬禮也不錯。」

「友也同學，你做事之前會仔細擬定行程表嗎？」

「小葵妳不會嗎？」

「我想看早上的天氣決定。機會難得，我想挑個大晴天自殺。總覺得如果天空很藍，就可以死得很舒服。」

補習班老師進入教室。休息的學生們紛紛停止與朋友聊天，教室內跟著安靜。

我將手機收進書包內。考卷發下來後，室內只聽得見以文具填寫文字的聲音。

離開補習班時，天色還很亮。媽媽來電說因為工作的關係，接近深夜才會回來。我猶豫乾脆哪裡也別去，回家算了。但還是選擇前往機場遺址。

在居家商場購買煙花套組後，我跳上公車。一離開商業區域，車窗外的風景就變得很單調。

我想再次與【夏日幽靈】談談。由於是臨時起意，我沒找小葵與阿涼。話說她究竟能出現幾次啊。她前幾天的出現可能是唯一一次的奇蹟。出於純粹的興趣，我也想確認看看。

在靠近縣界的公車站下車，我獨自走在暑氣未消的路上。登上丘陵頂端就能俯瞰鐵絲網圍住的長方形空地，以及延伸至遠端的跑道。是機場遺址。

然後我從鐵絲網損壞的地方進入。撥開雜草，抵達龜裂破舊的跑道，接著迅速準備煙火。

上一次她在我們點線香煙火的途中出現，難道其他煙火不行嗎？我嘗試點燃幾種普通的手持煙火。這一款會噴出強烈的鮮豔火花，有粉紅色、綠色與藍色。夕陽西下，四周逐漸陷入昏暗。五顏六色的火花劃破黑暗般發出閃光。可是【夏日幽靈】並未出現。

接著我換線香煙火，以打火機的火炎點燃尖端。黑色火藥隨即開始燃燒。

燒熔的物質包括硫化鉀、碳酸鉀、硫酸鉀。這些成分化為燃燒的火滴，在尖端形成圓球。發光的紅色球體宛如看得見的生命，在內部產生氣體，彈出無數氣泡。此時濺出帶有光芒的火沫才是火星的本體。

光點飛出火球後，軌跡會在人眼留下線狀的殘影。火沫會在空中進一步分裂，最後像松葉一樣形成枝椏分叉的火花。與其他手持煙火不一樣，這道光輝寂靜又散發溫暖。

如果擷取瞬間，細細分化後觀察，就只是純粹的科學現象。但我們人類卻從中感受到美，對人生的悲哀與火星的消逝重合而感動。內心會產生情緒，這才能證明自己身為人。我想直接畫出美麗的事物，以及感受到的內心。我不時會產生這種念頭。

不久後，火星開始劈劈啪啪劇烈地跳動。

蟲鳴聲遠離，迎風搖曳的草也隨之停止。
人的輪廓出現在我視野的角落。
宛如從黑暗中浮現的她站在該處。

話說回來，為何燃放煙火，【夏季幽靈】就會出現呢？據說煙火可以撫慰死者的靈魂。一說夏季流行舉辦煙火大會，是從盂蘭盆節的送行火風俗發展而來。為了讓回到現世探望的祖先之靈能返回極樂世界，不再猶豫，所以要點亮篝火，照亮道路，這叫送行火。有種說法是，全國各地的煙火大會屬於送火活動的延伸。
或許在機場遺址點燃的煙火，對靈體而言類似照亮道路的送行火。煙火化為路標，引導佐藤絢音抵達此地。就像綿延在機場跑道的指示燈或引導燈。

佐藤絢音蹲在我面前，仔細注視線香煙火。

「好漂亮。我很喜歡線香煙火呢。」

我聽不見她的腳步聲或衣服摩擦的聲音。她明明在我面前，卻彷彿不在此地。她整個人朦朧不清，給人一種轉眼間就會消失的氣氛。

幾顆光粒從線香煙火尖端的紅色火滴飛出。像星辰一樣飄浮在空中，呈現靜止狀態。

「友也同學。」

黑暗中，橘色的光芒照耀在她臉上。線香煙火的光能照到她，代表現世的物理現象能影響她？或者只是看見她的我如此認知而已？

「為何又來了？」

「我有事情想問妳。」

我明明已經做好心理準備。可是面對幽靈，我還是緊張地聲音激動。

她撥起自己的秀髮。可以看見白皙的脖子。

「只要不是太難的問題就好。」

「我一直在考慮自殺。之前和我一起來的兩人也有相同的想法。」

「我隱約有這種感覺。」

「是嗎？」

「你們三人的眼神都像死人一樣。小葵雖然舉止開朗，但從她眼神深處能感受到黑暗。另外心理健康的人好像看不清我的身影，看起來大多半透明，或是細節朦朧不清，像沒有臉的妖怪。第一次有人如此清晰地看見我，還能清楚溝通對話，肯定是因為你們都有尋死的念頭。」

「我想請教過來人，死亡究竟是怎麼回事。死亡那一刻真的很難受嗎？」

「很可怕，很痛苦。所以我一點都不建議自殺。反正人類就算什麼都不做，總有一天也會死。」

「只要能逃離現在的痛苦，我寧可一了百了。這就是我現在的心情。」

「為何你會這麼痛苦呢？」

「我也不太清楚，為何自己這麼不想活下去。」

佐藤絢音傷腦筋地嘆了一口氣。

「是現代社會的錯，造就出一群缺乏生氣的年輕人。」

「原來我想死是現代社會的錯啊。」

「不然有別的原因嗎？這時候只要怪罪社會就好了。」

「還真隨便啊。」

「畢竟我是幽靈嘛。對我有什麼期待嗎？」

我真佩服她這種似懂非懂的口氣。

「絢音小姐妳沒有成佛嗎？」

「成佛是什麼狀態？」

「聽說原本是佛教用語，代表【開悟後成為佛陀】。不過現在多用來形容上天堂，或是往生極樂。絢音小姐現在不是化為幽靈，待在這座城鎮嗎？我認為妳這樣的狀態就叫【尚未成佛】。」

「友也同學明明是高中生，卻很瞭解奇怪的事情呢。一般人誰知道佛教用語啊。欸欸，你真的認為有天堂嗎？我才不信呢。難道死後不是會消失無蹤嗎？」

「沒有消失的人說這種話不是很奇怪嗎？」

我打從心底驚訝。她到底怎麼看待自己的啊。

「妳現在已經是幽靈了，拜託有點自覺吧。」

她露出淘氣的笑容。

「友也同學你好認真呢。」

「我一直是他人眼中的優等生。」

「要不要放鬆一會，當一下幽靈試試看？」

為了看清楚線香煙火，剛才她一直蹲著。結果她起身後輕拍一下我的肩膀。既然她是幽靈，我以為她的手會穿過我的身體，結果並沒有。傳來輕微按壓的感覺。

當幽靈？放鬆一會？

在我不明就裡時，視野突然搖晃。她拍我肩膀這一下，導致我感覺自己飄起來，就彷佛踩空階梯，原本站的位置錯開一樣。我感覺自己快往後摔，急忙調整姿勢，結果眼前出現某人的後腦勺。不是佐藤絢音的，是剛才在該處的我自己。手持線香煙火，蹲在地上的我出現在面前，我正看著自己的背影。

詭異的情況讓我感到不太舒服。

「這是怎麼回事？」

「我讓你的靈魂離開了容器。」

靈魂的容器是指身體嗎？

「……能讓我回去嗎？」

「等一下。」

她牽起我的手，她的手摸起來十分冰涼。原本佐藤絢音的存在感模糊不清，如今變得更加清楚。我目前的狀態似乎是靈魂與身體分離。或許這是她看起來更清晰的原因。

自己身體的重量消失，擺脫了重力的束縛。

「走吧。」

佐藤絢音拉著我的手奔跑，我也不明就裡跟隨她。原本在跑道上奔跑的雙腿跟著離地。還來不及驚訝，我就飛上了空中。身體留在地面，我的靈魂和她一起飛起來。

上升的過程宛如被星空吸進去一樣。

感受不到任何風壓。

「你看。」

佐藤絢音還拉著我的手。

眼下的機場遺址逐漸遠離。放眼望去可見郊外住宅區、河槽地，以及延伸至遠端地平線的城鎮燈火。

腳下空無一物的我們靜止在空中。雖然高度不到百米，我卻嚇得縮起身體。

「為何我們會浮在空中啊？」

「因為我許願想飛啊。靈魂會朝想前往的方向前進。」

月光下的佐藤絢音拉著我的手滑翔，速度隨心所欲，彷彿可以無視慣性在空中飛行。不論飛得多麼誇張，都不會呼吸困難，也不會在強風下睜不開眼。不知不覺中我們離開機場遺址上空，來到車站前的商業區域。這真的是現實嗎？

「要進去囉。」

她說。眼看大樓的外牆逼近，我心想要撞上牆，身體急忙一縮。可是撞到牆面的瞬間，我卻穿過牆壁，飛進大樓內。穿梭在還有許多人忙碌不已的辦公室，從大樓另一側離開。在幽靈狀態下似乎可以穿越任何物質。

「怎麼樣，友也同學。」

佐藤絢音一臉得意。

「可以當企業間諜當個過癮呢。」

「甚至可以偷窺金庫內部喔，雖然什麼都帶不走。就算想摸也拿不起來。」

似乎不能干涉活人的世界。

「我應該只能摸到算是半個死人的存在，就像你的靈魂這樣吧。因為你的心中已經有尋死的念頭，我才能帶你脫離身體。」

她在車站上空靜止不動。所有人像按下停止鍵一樣，固定在即將走過斑馬線的姿勢。

「接下來你自己飛飛看。」
然後她在空中鬆手。
「咦？」
佐藤絢音往後退，與我拉開距離。
失去支撐後，我開始墜落。視野轉了一圈，眼看地面逐漸逼近，我嚇到尖叫。我幾乎貼著大樓牆面垂直墜落，柏油路面猛然接近鼻尖。最後我以為撞上的一瞬間景象，頗類似我平時在大樓屋頂上的想像。跳樓自殺究竟會見到什麼？就是我剛才那樣。
但即使我抵達地面，墜勢也沒有停止。我直接穿過路面，鑽進地面下。感覺很像跳進游泳池，我沉入地面下方，像溺水者一樣手腳不停掙扎。我可以呼吸，應該說我在這種狀態下似乎沒必要呼吸。可是我不知道哪裡才是上方，陷入一片混亂。

地面下看起來彷彿混濁的游泳池內。我知道混凝土與泥沙遮住了視線，但我似乎接收到視覺以外的資訊，隱約感覺四周有什麼。我可以掌握地面下的人工物體，包括大樓地基，車站地下通道之類，但我感應不到太遠的物體。

「冷靜一點，友也同學。」

在地面下掙扎一會後，傳來佐藤絢音的聲音，然後她抓住我的手。她似乎也追著我潛入地面下。藉由她的手支撐，我恢復平衡。然後我在她的拉扯下回到地面。

「妳怎麼這樣啦！」

「因為我想看看你大聲呼喊的模樣啊。不是有人說，看到平時冷靜的男生慌張的模樣，會感到心動嗎？不知道你明不明白。」

「我不明白，也沒辦法理解。」

「抱歉嘛。來，我教你怎麼飛，原諒我吧。」

我們再度來到城鎮上空。

冷靜下來後，我們兩人手牽手，面對面飄浮在空中。

「友也同學你現在是幽靈，所以不受重力影響。很自由喔。靈魂會朝你想前往的方向前進。所以你要仔細想像，這樣你就不會掉下去了。」

這次她輕輕放手。一瞬間身體下沉讓我感到慌張，但我拚命想像後，隨即停止墜落。

「飄起來了！」

「沒錯，就是這樣。」

練習了一會後，靈魂狀態的我就學會在城鎮上空自由飛行。她說得沒錯，我會朝心中想的方向移動。

「靈魂會朝你期望的方向前進。來，再強烈想像一次。你想去哪裡？」

佐藤絢音在月色下詢問我。

郊外有一片寬廣的自然公園，其中有一座美術館。目前已經過了休息時間，入口早已關閉，但絲毫不影響我和佐藤絢音。我們穿過警衛身旁的牆壁，進入館內。

沒有參觀者，通道上自然也沒有燈光。在各處亮著指示緊急出口的綠色標示燈，以及顯示警鈴的紅色燈。其實可以用飛的，但我們還是決定用走的。

「沿著這條路走。」

「你經常來嗎？」

「小時候經常拜託爸爸帶我來。」

正好有與爸爸相同信仰的人在美術館工作，後來我就和對方熟識了。館內展示在俄羅斯繪製的耶穌基督聖像畫，還有在歐洲完成的聖母領報油畫。爸爸曾經站在這幾幅畫前方，講解聖經的故事。

「這是我第一次在休息後才來。我以前的夢想是在無人的夜晚美術館內，盡情觀賞繪畫。」

「原來你喜歡繪畫呢。」

她表示，同時她的姿勢與展示在樓層中央的女性雕像一樣。

「國中時我是美術社的，還經常和美術社的朋友一起來這裡。」

由於沒有燈光，照理說應該很暗。但只要專注定睛，甚至能看見展示繪畫的細節。原來是透過有別於光線的情報去感知繪畫。

我在超近距離觀賞繪畫，換作平時多半會受到警衛的制止。半張臉還穿過表面，像埋進畫裡一樣。零距離觀測下，甚至能看到繪畫表面的凹凸。

「友也同學，你看，我變成貴族囉。」

館內另有繪製等身大女性貴族的巨大油畫。佐藤絢音的身體穿過表面，鑽進畫中，然後從女性貴族的臉部探出頭來，看起來像景區放置的套臉人物牌。我不禁佩服她，居然想到以這麼蠢的方式利用穿越物質的特殊能力，了不起。

我們在夜晚的美術館內邊走邊聊天，隨後來到以前爸爸喜歡聖母領報油畫前方。這是《新約全書》記載的章節之一。畫的內容是天使來找瑪麗亞，告知她肚裡的孩子將成為引導眾人的聖子耶穌。

「話說真是意外，想不到你以前是美術社的。」

「為何意外？」

「因為藝術系的領域不是憑感覺，或是直觀的世界嗎？所有藝術家都這樣吧？類似感性優先主義。但是你的思考方式遵守邏輯。雖然我們才第二次對話，你卻散發理科人的印象。感覺比起繪畫，你更像在畫設計圖。」

「畫圖的時候也需要邏輯思考啦。」

「是嗎？」

「不只是繪畫，包括雕刻、音樂，多半都是這樣。遠觀可能會覺得很藝術，但如果在超近距離觀察，會發現科學原理。」

「比方說？」

「要決定使用什麼顏料有許多色彩理論，比方說類似色相配色、分裂補色配色、三角配色等。」

「什麼啊，好像很無聊。」

「絢音小姐，比方說妳要畫黃色的向日葵時，背景要選什麼顏色？」

「會選擇藍色或綠色……以凸顯黃色吧？」

「不過有日本公司花五十八億圓，得標梵谷的《向日葵》。那幅畫的背景是黃色喔。」

「黃色向日葵的背景是黃色？」

「很深奧吧。」

我面前這幅聖母領報的油畫，瑪利亞的衣服使用鮮豔的紅色與藍色。因為紅衣藍袍的服裝象徵聖母瑪利亞，美漫的英雄也經常採用這種配色。還有一種說法是，紅藍源自於美國國旗的配色。可能是要讓讀者本能地聯想到超越常人的印象。

「以前美術社有位學長完全不管什麼理論，畫得超棒。他堅信，並且信仰自己內在的某種絕對事物。」

「意思是友也同學不屬於這一類啊。」

「可能因為我對自己缺乏自信吧。我這種人會拚命學習構圖理論之類，並且加以活用。畫人的時候還用尺量，保持雙手加上肩寬與身高一致。」

「什麼啊。」

「人張開雙手時，從一手指尖到另一手指尖的長度正好等於身高。」

我實際張開雙臂給她看。連指尖都伸得筆直。

「也有人稱這段長度叫翼展（wingspan）。李奧納多・達文西的人體圖也有出現，屬於人體的基本構造。」

「你畫畫的時候都在想這些嗎？那不是解剖學的領域？」

「這是畫出好畫的祕訣。」

「為何你會喜歡畫畫呢？」

「因為爸爸和媽媽誇獎過我的畫。以前他們很少誇我。」

這是我小學時的記憶。我在課堂上畫的畫參加比賽得獎，爸媽都為感到我高興。兩人都一臉自豪，當天始終沒有吵架，家裡一團和氣。對年幼的我而言，肯定覺得特別高興吧。所以我才決定繼續走這條路。

在夜晚的美術館內看了一會，我們才離開。即使來到外頭，也感受不到外界的空氣或風的氣味。幽靈狀態下還真是無趣。

我們在月亮高掛的夜空中上升。穿越呈飛翔姿勢靜止在空中的鴿子，降落在矗立於森林中的鐵塔。

然後我們一同坐在鐵塔的梁架上。這樣講不太準確，因為直接坐的話，身體會穿過去。心中要有我要坐上去的念頭，身體才會固定在梁架上。

佐藤絢音望向遠方整片城鎮的燈火。

「好漂亮的景色。彷彿星星撒在地上一樣。」

「但既然目前時間是靜止的，或許原本有更多燈光。由於LED燈泡和螢光燈會高速閃爍，代表目前有一部分照明是熄滅狀態。」

「為何你就不能坦率地觀賞風景呢。」

我看向她的側顏。失去生氣的白皙肌膚在夜晚的黑暗中十分顯眼。我心想應該請教她關於我心中的疑問。

「絢音小姐為何會自殺呢？」

她撥起頭髮，嘆了一口氣。

「我才沒有自殺。」

「可是世間傳聞妳是自殺的幽靈呢。」

「應該是傳開的過程中，有人加油添醋吧。」

「我一直以為妳是自殺的前輩，原本還想請教妳有沒有推薦的自殺方法。」

「抱歉沒辦法提供好的建議。」

「我就覺得奇怪。因為在警察廳的網站上，絢音小姐是登記在失蹤者的頁面。」

「原因是我的遺體一直沒有找到。」

她隨口一說，彷彿在閒聊一樣。

「我是遭人害死的。」

四

隔天我決定在車站前的芳鄰餐廳，與阿涼和小葵見面。即使臨時找他們出來，兩人都答應赴約。

先出現的是小葵。

「好久不見了，友也同學。」

「我們平時都靠通訊軟體溝通，倒不覺得有相隔多久。」

「今天不用去補習班？」

「我偶爾想蹺個課。」

小葵點了飲料吧後，喝起哈密瓜蘇打。

聊著聊著，阿涼也來了。他看到店內的我們，便坐在小葵身旁，然後用帽子代替扇子，熱得不停搧風。外頭的夏季酷熱簡直要烤熟人，太陽發出的光線彷彿會扎人的皮膚。

阿涼喘得上氣不接下氣，臉色也很蒼白。可能由於疾病導致他的體力變差。我幫他從飲料吧端來一杯冰咖啡。

「抱歉找你出來，有造成你的麻煩嗎？」

「我上午去醫院。正好在外頭，所以順便前來。」

「情況怎麼樣？」

小葵問阿涼。

「不算好。目前靠藥物延緩疾病發作。」

阿涼看向我。

「友也，有什麼事情要找我們？」

「我有話想告訴你們。昨天我跑去機場遺址了。」

找他們出來是為了共享情報。我告訴兩人自己昨晚的體驗。包括【夏日幽靈】透過線香煙火現身，以及我的靈魂脫離身體後，得以在空中翱泳。由於內容太過超現實，我還擔心他們會以為我在幻想。

「你在空中飛？真的假的？」

阿涼露出狐疑的表情。

「我相信喔。因為要是變成妖怪，當然能飛嘛。既然是靈魂狀態，那肯定可以飛。」

小葵顯得有點激動。

「我現在有點期待死亡了，趕快找時間自殺吧。」

「什麼趕快找時間自殺啊。」

聽得阿涼一臉錯愕。

「在空中飛很有趣啊。不過暫且不提這件事，接下來我要進入正題。絢音小姐的死因似乎不是自殺，所以她說無法提供關於自殺的建議。」

我告訴兩人她的死因。

同時回想昨晚發生的事情。

尖端出版
www.spp.com.tw

在我們一起坐在鐵塔上之後，佐藤絢音帶我移動。我們橫越星空，飛過千家萬戶。俯瞰城市的高地上有一大片富人居住的地區，後方一隅矗立著一座古典西洋建築，她降落在宅邸前方。

門口的照明讓人聯想到古色古香的吊燈，小型翅蟲受到光線吸引在四周飛舞。由於目前時間呈現靜止，翅蟲都固定在空中不動。

「這裡是？」

「是我以前居住的家，目前媽媽獨自住在這裡。過來吧。」

說完後，她穿過大門消失。我也跟著穿越門扉，進入屋內。面前是一座氣氛沉穩的大廳，梁柱與階梯扶手都是古董風木製品。

貌似客廳的房間透出光線。從房間入口往裡一瞧，只見年長女性坐在沙發上看書。女性的容貌與氛圍和佐藤絢音有幾分相似，可能是絢音的母親。她身穿色澤沉穩的服裝。

「這時間她總是在看書。從我以前住在這裡時，就維持這種習慣。」

她站在母親身後。她母親沒發現女兒和我們的存在，視線始終盯著書上的字。

相框裝飾在房間內，是佐藤絢音生前的照片。她在警方的紀錄上是失蹤，意思是房間內的年長女性還不知道，女兒已經不在人世了嗎？

她將自己的手置於母親的手上，從她的動作可以看出她對母親的愛。

「三年前的晚上，我和媽媽大吵一架。原因其實微不足道。當時我們在討論大學畢業後要做什麼。結果說著吵了起來，我隨即衝出家門。」

離開母親身邊後，她前往其他房間。我跟在她後頭。

「很蠢吧，現在我會這麼想。可是我當時激動得不顧一切，跑到外面。當時外面下大雨，受到颱風影響，狂風肆虐。」

然後她走上階梯。月光從牆上的小窗戶灑落，二樓走廊上裝飾著印象派的繪畫。還有幾扇木門並列，她進入其中一扇。沒有開門，直接穿過門扉，我也跟著進入。

這裡似乎曾經是她的房間。家具和寢具可能保存了三年前的模樣。家具上頭還蓋著薄白布，以免沾染灰塵。她一臉懷念地環顧自己房間，同時開口。

「沒有撐傘的我在狂風暴雨中奔跑。從小每當碰到這種時候，我都會跑去某個地方。是附近的圖書館，我本來想在屋簷下躲雨。結果我穿越馬路時，一道速度極快的光芒朝我逼近。」

「光芒？是車嗎？」

「沒錯，是車頭燈。那輛車闖紅燈。當時我面前一片白光，緊接著受到強烈撞擊……可是我並未當場死亡。回過神來，我發現自己躺在路邊。身體不聽使喚，甚至不知道自己痛不痛。在我意識模糊之際，見到有人下車。一名男性身影接近我……」

說到這裡，佐藤絢音靠近書桌，彎下腰去。我心想她在做什麼，一瞧才發現她鑽進蓋著擋灰白布的書桌下方。她弓著身體，在桌子下方屈膝而坐。

「下一次醒來後，我發現自己在這種狹窄的地方。應該是行李箱內，但並非四方型的箱子。可能是類似長途旅行專用的大型行李箱。我從材質等內側結構推測出來。我的身體被塞進行李箱內，動彈不得。」

「為什麼要這麼做……」

「那人可能誤以為我死了吧。駕駛以為撞死了我，為了隱瞞車禍，決定將我埋起來。」

「埋起來？」

「我聽到土蓋在上頭的聲音。當時我從內側敲打行李箱，試圖求助，結果徒勞無功。我使不出力氣，頂多只能發出類似呻吟的聲音……我仔細傾聽，等待對方有何反應。但我只聽到電車行經的聲音。然後持續傳來被土掩埋的聲音，我呼吸愈來愈困難。意識逐漸模糊……這就是我人生的最後一刻。」

佐藤絢音站起身，穿過書桌走出來。

「不知不覺中，我飄浮在城鎮上空。到現在還沒找到我的遺體。後來得知媽媽一直在等我回家，我才明白這件事。」

她露出失落的表情。

想到她母親的悲傷，我就感到揪心。如今她母親是否依然相信女兒還活在世界上呢。

「妳的遺體埋在哪一帶呢？」

「我不知道。之前我曾經找過，但後來放棄了。畢竟就算找到也改變不了什麼。我是幽靈，無法干涉物質。即使想挖出來，手也會穿過泥土。」

佐藤絢音穿過窗簾緊閉的窗戶，來到屋外。我也追在她後頭。

她人站在屋頂上，背對著星空。

「我還想體驗各式各樣的人生。像是旅行，我好想去旅行呢。」

「其實妳可以旅行吧？而且還不用交通費。」

「的確是。」

她打趣地瞇起眼睛。

可是我從她眼神深處看出悲傷，以及灰心斷念的感覺。

「我們回去吧，友也同學。」

我們回到機場遺址後，線香煙火的火星依然飛散。我的身體則維持手拿線香煙火，蹲在地上的姿勢。再次以客觀視角看著自己，總覺得挺詭異。

「上一次轉眼就到了時限，一下子就結束呢。這一次倒是聊了很久，怎麼會這樣？」

「因為你呈現靈魂的狀態啊。」

身體是與現世的連結。我的靈魂進入身體這個容器，才能與社會產生關聯。反過來說，如果與幽靈扯上關係，身體反而可能是阻礙。

面前的我手持線香煙火，我嘗試以手掌碰觸自己的背。下一瞬間，我便回到自己的身體內。全身頓時感到重力，差點跪在地上。腦袋有股沉重的疲勞感。可能是一口氣處理數小時靈魂狀態下的體驗，導致大腦有點超載。

剛才佐藤絢音的身影還十分清晰，現在則縹緲又朦朧，稀薄得彷彿隨時都會消失。

「今天很開心。謝謝你陪我聊天，友也同學。」

在我思考該如何道別時，【夏日幽靈】的身影便在風中消散。雜草搖晃，蟲鳴聲再度響起。脫手的線香煙火掉落地面。機場遺址的跑道上只剩下我一人。

小葵與阿涼默默聽我敘述。

杯中的冰塊早已融化，在夏季的陽光下，窗外一片純白色的光芒。

阿涼從書包中取出大量藥物。有各式各樣的膠囊與藥錠等，對著水一口氣服下。

「意思是目前還沒找到凶手？」

小葵詢問。

「嗯，但絢音小姐似乎對尋找凶手興趣缺缺。不知道是她不恨凶手，還是覺得無所謂。不如說更像是對媽媽的歉意。說不定這就是她對人世的牽掛。」

「所以她才化為浮游靈，在城鎮徘徊嗎？」阿涼說。

生前有留戀的人，死後化為靈體在現世久久徘徊，聽起來挺合理。佐藤絢音可能一直後悔，為何當年與母親吵架後要離家出走。她沒有親口證實，但我想起昨晚從她眼神深處看到的悲傷，覺得很有可能。

「友也，你有什麼打算？」

「什麼打算是指？」

「為何要告訴我們這些事？現在我們知道【夏日幽靈】並非自殺的女性。可是照理說，她的死因與我們無關。」

「是沒錯，但覺得應該與你們共享情報。」

「真的只有這樣嗎？」

我知道他想說什麼。猶豫片刻後，我才開口。

「老實說，我想聽聽你們的意見。你們有什麼想法？我們有可能找到她目前下落不明的遺體嗎？」

可能早就猜到我的回答，阿涼毫無反應，小葵卻嚇了一大跳。

「尋找!?她的遺體!?」

由於聲音很大，附近座位的人都轉頭看我們。阿涼輕輕拍了一下小葵的頭。

「笨蛋，別鬧了。會引人注目啦。」

「抱歉抱歉，我剛才嚇到了嘛。」

「絢音小姐就算找到自己的遺體，也無法自己挖出來，所以她才會放棄尋找，而且她也無法告訴別人遺體的位置。但只要我們合作，或許有機會讓她的遺體回家。」

阿涼嘆了一口氣。

「你怎麼會想這麼做啊，純粹自找麻煩吧。」

「是沒錯，我也這麼覺得。所以我才猶豫。」

我們沒有義務幫佐藤絢音這個忙。估計她也不期待。

「我來日無多，還想吃喝玩樂。」

然後阿涼起身，他似乎要離開餐廳。我看他要掏錢包，隨即制止。

「算我請你的。」

他點頭後，便走向出入口。我和小葵注視他的背影，直到他走出店外看不見為止。

「涼同學該不會在生我們的氣吧？」

「生氣？為何？」

「因為我和你，與涼同學不一樣啊。只要自己想，就可以繼續活下去吧？但我們卻有尋死的念頭……或許在涼同學眼裡，會對我們感到生氣吧。」

「如果他是那樣的人，當初根本不會在自殺系留言板與我們交流吧。小葵妳呢，對尋找絢音小姐的遺體有什麼看法？」

「我的想法是，真的有可能找到嗎？反正肯定徒勞無功吧。」

小葵的反應很消極。

「如果與絢音小姐談過話，或許我也會想幫忙。可是說起來，她從未主動拜託過吧？她不是沒有開口請你尋找遺體嗎？」

「嗯，完全沒有。」

「那麼我們何必雞婆呢。絢音小姐可能會以為我們多管閒事。而且這樣很殘酷呢。」

「殘酷？」

「一旦發現遺體，絢音小姐的媽媽肯定會很難過。這等於確定女兒已經不在人世吧？如果一直失蹤，她媽媽就會有一線希望，覺得女兒還活著。或許對她媽媽而言，我們置身事外可能比較好。」

「小葵妳是這麼想的嗎？」

其實我心中的意見也分成兩派。到底該不該告訴她媽媽殘酷的現實？還是讓她媽媽覺得女兒總有一天會回家，這樣比較幸福呢？

「友也同學想找她嗎？」

「一半一半吧。」

「怎麼會產生想找她的想法呢？」

我想起昨晚的事。

昨晚，佐藤絢音將自己的手置於看書的母親手上那一幕。

「好問題。畢竟我又不求她的感謝。」

「原來如此，我知道了。嗯嗯，這下子我明白了。讓名偵探小葵告訴你答案吧。」

小葵的表情就像發現玩具一樣，然後開口。

「友也同學，你肯定喜歡絢音小姐，所以才想找理由去找她。」

「嗯，有可能。」

我隨意點頭後，小葵露出驚訝的表情。

「咦？就這樣承認了？」

其實我不太明白戀愛是怎麼回事。可是昨晚我們在夜空下手牽手時，我的確打從心底感到開心。話說這是我第一次與女孩單獨漫步在美術館呢。昨晚我沒意識到，但我可能已經受到她的吸引。

「事後回想起來，我可能只是想再見到絢音小姐。」

「真沒意思。我本來想調侃你一番呢。」

「還好有聽到你們的意見，謝謝妳，小葵。」

「不客氣。」

然後我們也離開芳鄰餐廳。太陽光曝晒柏油路面，加熱的空氣讓景色略為搖晃。

「熱得離譜呢。這種天氣外出簡直像自殺。」

「是啊，我可不希望還沒自殺前就先死翹翹。」

我在陽光下瞇起眼睛，同時揮手道別。

八月後半，我繼續天天補習。還為了我無心應試的大學測驗買參考書。大學入學共通測驗將在過完年後的一月半舉行。我一直計畫在那之前自殺。

目前還沒決定具體日期，但我隱約想挑年尾的某一天。我並不討厭街上聖誕節的氣氛。可能會選聖誕假期中，或是之後。我的忌日會是十二月二十四日到除夕三十一日的某一天。我向阿涼與小葵報告這件事。

「知道了。雖然要看病情，但我如果還能下病床，就去參加葬禮。我還會帶奠儀去。」阿涼這樣回答。

「我也是。如果我還活著，就去看友也同學睡著的表情。」小葵說。

面對死亡，說不害怕是自欺欺人。前幾天與佐藤絢音在空中飛時，筆直墜落地面的那一刻，我嚇得放聲尖叫。那一瞬間湧現出不

想死的情緒。到頭來，我還是沒能做好心理準備。可是那段體驗又不足以讓我打消自殺的念頭，

我趁補習班的休息時間看手機，結果看到一段新聞報導，內容是高中女生跳軌自殺。我以為小葵突然決定尋死，所以仔細閱讀報導內容。結果發現是很遠的地區發生的新聞，才知道是別人。

另外還有其他自殺的相關報導。生活困苦的單親媽媽殺害兩名年幼子女後，自己跟著上吊。私吞公款的中年男性留下道歉信，大白天在公園從頭頂潑灑汽油後自焚。還有二十幾歲的女性鎮公所職員自殺，原因是遭受上司的職場霸凌。據說她在深夜開車到上司的家門前，在車內燒炭自殺。

我再次心想，原來世界上有這麼多死法。可是有件新聞我看了

很不爽，就是單身媽媽帶年幼子女一起自殺。我猜她多半陷入精神衰弱，無法正常思考才會這麼狠，但她實在太自私了。要死就該自己去死，別造成他人的麻煩。這才是應有的作風。

有報告指出，多數想自殺並付諸實行的人，心理視野會變得很窄。因為這些人遭受憂鬱症等精神障礙侵蝕，覺得自己只能走上絕路。那我是不是也這樣呢？這我無從得知。畢竟很難發現自己的心理視野變得狹窄，所以不知道可能很正常。

傍晚時分，離開補習班的我準備回家。走向車站的途中，我經過以前念國中時常光顧的美術用品店。以前在美術社的時候，我天天來這裡。經過店門口時，貌似美術大學的學生走出店內，我與他們擦身而過。因為從服裝與氛圍可以隱約猜到他們是美大生。他們開心地聊天，同時朝我的反方向走去。我停下腳步，目光望向他們的背影。同時感到陣陣心痛。

熟悉的車輛停在路邊。駕駛座的車窗降下後，露出媽媽的臉。

「友也。」

「媽媽。」

「我心想你補習班快下課了，才順道來接你。上車。」

於是我接近車輛，坐上駕駛座。確認我繫好安全帶後，媽媽跟著開車。平時媽媽開車上下班，時間允許的話會載我從補習班回家。老實說，我很感激。

媽媽開車開得很小心。我聽著收音機播放的新聞，同時望向車窗外。街角便利商店的停車場有一群高中生，男男女女數人。他們可能剛從海邊或遊樂園回來，正開心地歡笑。媽媽瞥了他們一眼後開口。

「那些小孩一放暑假，滿腦子就只知道玩。友也你可別像他們一樣，否則就廢了。」

媽媽堅信他們將來會讓父母傷心難過。既考不上好大學，也找不到像樣的工作。大概為了防止我淪為那種人，媽媽講話才這麼刻薄。他們只是單純與朋友玩耍，又不是什麼滔天大罪。有必要罵得這麼難聽嗎？可是我懶得反駁。

所以我只回答了句「是啊」。

穿過車站前的商業區域，車子開往郊外。收音機的新聞正報導發生在外國邊境一帶的爭端。自爆恐攻似乎害死了好幾名無辜民眾，爭端的根本原因是宗教問題。人會為了信仰問題而殺人，而且兇手會覺得這才是正確的做法。

「書念得還順利嗎？數學念到哪個部分了？」

「念到二項式係數，或是以圖表示拋物線的涵蓋面積。」

每一科在補習班學過的內容，媽媽都問我問題。明確區分我會的部分，以及不會的部分。一旦發現我有哪裡一知半解，開車的媽媽就會嘆一口氣。

「以前我在你這個年紀，念書可比你靈光多了。」

媽媽罵個沒完，罵到我以為自己的心臟萎縮了。我甚至覺得自己是廢物，感到好丟臉。其實我的分數名列前茅，應該感到自豪才對。即使我明白這一點，可是從小植入心中的感覺依然難以抹滅。

「已經決定要考哪間大學了嗎？」

「嗯。」

我已經在出路意願調查表上填寫學校的名稱。第二學期一開學就得交給班導師。其實我多半不會去參加測驗，因為在大考前我就自殺了。

「其實你很好命呢。」

媽媽說。

「為了讓小孩念大學，你知道得花多少錢嗎？以前我念書時家境不好，還要邊打工邊付學費。你倒輕鬆了啊，可以花我賺來的錢念書。」

車輛行駛在郊外的道路上，我感到呼吸愈來愈困難。被塞進行李箱，泥土埋在上頭的佐藤絢音是不是也有這種窒息感？

聽媽媽的說教，我心中頓時產生逃離這個密室的衝動。如果我打開駕駛座的車門，跳出行駛中的車輛，感覺肯定爽到不行。因為理性踩煞車，我才沒付諸行動。我還沒陷入心理視野狹窄的困境。

死了多半就一了百了，不過爸爸肯定會很沮喪。畢竟爸爸信仰的宗教不允許自殺。

自殺等於殺人。

人的生死屬於神明，不由人類自行決定。

我的生命也是神明賜予的，所以我不可以殺死自己。自殺等於背叛神明，死後得不到安寧。這是教義的說法。

但我不信仰宗教，當然也對這些禁忌無感。我只是不敢讓爸爸失望而已。我感激神明創造人類，但我的生命還是屬於我自己的。

「是我生下你，你才會存在於這個世界上。我有責任讓你走上正確的道路。」

媽媽則時時刻刻試圖主導我的人生。每次都是媽媽幫我決定出路，例如要考的候選大學都是媽媽挑的。我從好幾年前就失去了反抗的氣力，所以我才會想自殺嗎？我要親自決定自己的死亡，或許我想藉由這種方法，證明我的人生屬於自己。

「我是不是缺乏活下去的力量啊。」

小葵在群組聊天室發文。

「即使是大家不在意的小事，我也猶豫不決，煩惱好久呢。當場看氣氛隨口一答，事後後悔。甚至想死。」

她應該不期待我們回答。

可能也不想聽有建設性的忠告。

「死亡是一瞬間。只要超越瞬間的痛苦，就能安息了。該用什麼方法才好呢？我查過以硫化氫自殺的方法，不知道怎麼樣。」

「如果失敗沒死成，好像會留下後遺症，而且很慘。」

「好像還發生過家人想救人，結果自己也吸入的意外。」

我們討論自殺的方法。

「小葵會看當天的天氣，再決定是否自殺吧？」

「早上醒來拉開窗簾，如果看到一片藍天，會覺得今天適合自殺。所以我要選擇方法簡單，適合臨時起意的方式。比如上吊，應該很快吧。」

「安眠藥如何，只要吞下去即可。」

「得服用很多才會達到安眠藥過量。」

「而且早上醒來又立刻回去睡，很奇怪耶。」

「有什麼奇怪的，只是睡回籠覺。」

「但是永遠不會醒來。」

我透過通訊軟體與兩人交談。趁著往返補習班的電車內，或是念書空檔的休息時間。暑假期間小葵一直繭居在家裡。阿涼不用去醫院的日子，會觀摩籃球社的學弟練習，或是與家人共度平穩的時光。

「聽說可以躺在床上上吊，真的嗎？」

「只要繩子能掛在比自己脖子高的位置就行。聽說很多人在醫院病床上吊呢。」

「涼同學想上吊？」

「如果我身體衰弱，下不了病床的話。不過最好在那之前以別的方法自殺。我討厭看到自己的身體日漸衰弱。」

阿涼以前似乎擅長運動，所以這種失落感肯定更加強烈。

「反正活不久，我想趁疾病加重，痛苦之前先尋死。我不想與病魔奮鬥。反正我也贏不了，我要棄權。取而代之，我要趁還能走動的時候，找個視野好的高臺，然後跳下去。」

暑假剩下十天，眼看夏季即將結束，不知還能再見到【夏季幽靈】多久。根據傳聞，只有夏天才見得到她。難道進入秋季，在機場遺址點燃線香煙火，佐藤絢音也不會出現？還是沒有人在夏季以外的季節燃放煙火，才導致沒人目睹到她？

何時是夏季與秋季的交界呢？在日本，一般常稱呼六月、七月、八月這三個月為夏季。另外聽說最高溫超過二十五度，氣象廳就會稱呼當天為夏日。如果佐藤絢音真的只在夏季出現，那麼應該在夏日期間去找她嗎？

「絢音小姐的遺體該怎麼辦？有在找嗎？」

「沒有，補習班很忙。」

我打算在年尾自殺。如果夏季結束後見不到她，就沒機會尋找遺體了。她將會一直失蹤，心中帶有悔恨，永遠在這座城鎮徘徊。

我究竟想怎麼做呢？我自問自答。

意外發生在八月最後一週的某日。我從補習班回到家，發現本來藏在衣櫃的素描簿竟然放在客廳桌上。我最後一次畫畫是前天晚上。而且我藏在冬季衣服的縫隙間，以免媽媽發現。為何現在會出現在這裡？混亂中我呆站在原地。

「給我坐下，友也。」

剛才在書房的媽媽來到客廳後，一巴掌拍在桌上。她錯愕的表情彷彿在看不成材的兒子。我感到自己的胃縮成一團。

「你看看你，又在畫這種東西。」

我隔著桌子與媽媽面對面。

「這是趁念書的空檔，轉換心情用的。」

「那你為何要藏起來？」

「因為妳要是發現，肯定會丟掉。媽媽，妳是不是擅自開我房間的衣櫃？」

「這個家是我在付房租。你有什麼資格抱怨？」

媽媽默默翻開素描簿。室內安靜到可以聽見時鐘指針的聲音，翻開紙張的聲音顯得特別大聲。

「我不是說過希望你專心念書，才要你放棄畫畫嗎？」

「趁休息時間畫畫可以放鬆。」

「知道我很擔心你嗎？我擔心你又像國中時一樣，有樣學樣畫些無聊的畫。」

其實我早就知道。以前我參加美術社的活動，在媽媽眼裡一文不值。

「我不想否定畫畫，這對小孩的情操教育有益。但是只有小學以前可以浪費時間在這種事情上。看到你上了國中還在畫畫，知道媽媽有多丟臉嗎？想不到你上了高中還在畫。」

媽媽將素描簿放在桌上。攤開的頁面是佐藤絢音的鉛筆畫。這幅全身像的她飄在空中，腳尖略為離地。我很喜歡這張畫，鉛筆的筆觸清楚表現出她醞釀的神祕氣氛。稍微飄浮在空中的她，讓人聯想到某種超常現象降臨。

「知道了，我不畫就行了吧。」

我說出媽媽一直想聽到的話。

「你可能只是為了避免再吵下去，才會隨口敷衍我。」

「到底要怎樣妳才會相信我？」

我緊張地等待媽媽回答。

媽媽抓起素描簿，遞到我面前。

「撕掉它。撕掉每一頁，每一張你畫的畫，然後丟進垃圾桶。這樣我就相信你。」

接過素描簿後，我猶豫該怎麼做。要是惹媽媽生氣會很麻煩，所以乖乖撕破才是上策。反正再買別的素描簿，繼續偷偷畫就好。嘴上要怎麼撒謊都行。即使媽媽叫我不要畫，我當然不會真的照辦。

可是這本素描簿上有幾幅畫我非常喜歡。例如我、阿涼與小葵前往機場遺址的畫。還有在夜晚的美術館內，以及鐵塔上的佐藤絢音素描。

這讓我猶豫不決。

「怎麼了？不敢嗎？」

這張畫是飄浮在空中的佐藤絢音全身像。

沒有影印，也沒有拍下來保存。

我將這幅畫深深烙印在腦海中。

以前和媽媽說話說到一半，我會有種靈魂出竅的感覺。彷彿從室內天花板的高處俯瞰自己的身體。因為透過客觀注視自己，可以分離情感，壓抑自己的意志吧。如果我不得不服從媽媽的意見，就讓自己當個沒有靈魂的人偶。如今我已經知道，這種精神狀態叫做解離。

然後我雙手抓住畫著這幅畫的頁面，手一使勁，頁面上端頓時出現裂痕。畫在紙上的佐藤絢音跟著破裂，媽媽則一臉滿足。我反覆撕破這一頁，再撕成細小的紙片。撕完後接著撕其他頁，親手撕成細小的紙片。不久後素描簿的每一頁都化為堆積如山的紙屑後，媽媽才開口。

「很聰明的判斷。畢竟你根本沒有畫畫的才能，應該專心念書才對。否則你無法成為優秀的大人。那來吃晚餐吧。」

然後一臉笑容的媽媽開始準備晚餐。

我雙手捧起撕碎的畫，丟進垃圾桶。

如果我年紀再小一點，會嚎啕大哭嗎？要是我這個人正常些，會和媽媽爭論，大吵一架後贏得畫畫的權利嗎？可是長年與媽媽生活之下，我早就放棄這種理所當然的母子關係。自己的任何主張都是白費力氣，而且我根本毫無力氣面對媽媽。假裝優等生是因為我知道，自己是個軟弱無力的人。

解離狀態持續很久。我有種靈魂脫離身體的感覺，卻與佐藤絢音度過的夜晚天差地遠，絲毫不覺得快樂。

深夜，確認媽媽熟睡後，我決定偷偷溜出去。不聲不響地在門口穿上鞋子，走出公寓後，感到帶有溼氣的風吹拂行道樹的葉片。

我走在路燈綿延的人行道上。沒有目的地，就是想呼吸外頭的空氣，忍耐被迫親手撕毀畫在素描簿上的畫所產生的痛苦。

有條小河流經人行道。我停下腳步，注視水面。在路燈照耀下，背光的我在水面上映照出漆黑的身影。

死了是不是就能擺脫這種窒息感？

會不會輕鬆一點？

我想見佐藤絢音一面。想起化為幽靈的那一晚，與她在空中飛翔。將身體留在地表的我，覺得那天晚上好自由。

如果死後化為幽靈，我能不能永遠擺脫這種鬱悶的感覺？如果是的話，我現在就想死。

這條小河這麼淺，跳下去估計也死不了。再走一段路會與大河匯流，到時候找個水深的地方跳河就行了。

可是佐藤絢音死後依然後悔，她注視母親的眼神中還透露幾分留戀。意思是死後依然無法獲得安寧嗎？只要靈魂還有煩惱，死後依然逃不過這種痛苦嗎？

她多半會身陷後悔中，永遠在城鎮中徘徊。即使她媽媽過世，她的靈魂肯定也無法解脫。

要死隨時都能死，不用等到年尾。在我死前，是不是應該試著與佐藤絢音對話？我茫然走在路上，同時心中思考。

不知道她對自己的身體有什麼看法。她的身體被塞進行李箱，至今還埋在地下，可能早就腐敗了吧。難道她覺得不用管也無所謂？還是希望有人能發現？

如果是後者，那我可以幫助她。要死等這件事情搞定再說。若這樣能讓她不再後悔，那我想打開裝著她的行李箱，讓她呼吸外界的空氣。

五

暑假剩下五天。補習班下課後，我決定過去一趟。

購買線香煙火，轉乘電車與公車，抵達機場遺址時已經夕陽西沉。天空失去亮光，呈現深藍色，夏季星座閃閃發光。

站在跑道正中央，我以打火機點燃線香煙火的尖端。隨後產生燃燒的火滴，火星開始四濺。

人類本能地對夜晚的黑暗產生死亡的印象。黑夜中一瞬間閃耀的光芒，可能在我們眼中與生命的氣息重合。所以我們才會覺得煙火美麗嗎？

煙火突然劇烈燃燒，然後蟲鳴聲停止。這種彷彿時間延緩的感覺十分熟悉，她要來了。我產生這種預感後，隨即有人開口。

「你又來了啊，友也同學。」

不知道她從何時待在那裡，也有可能一開始就在。她站在我的正前方。

我放開線香煙火。在時間靜止的世界中，線香煙火固定在空中不動。

「你的表情還是一樣透露尋死的念頭呢。」

她看著我，一臉錯愕。

「妳倒是很有精神呢，絢音小姐。」

「哪有人會對死人說很有精神啊。」

「只是問候而已，請別放在心上。」

她的身影縹緲不定，彷彿微風一吹就會消散。有點像海市蜃樓。即使看起來在眼前，實際上她可能不在這裡，而是遙遠的某處。

「今天有什麼事情嗎？」

「我想起一件事，來向妳提議。」

「提議？」

「絢音小姐，妳知道斷頭谷的傳說嗎？」

「無頭騎士的故事？」

「沒錯。」

這是美國民間傳說之一。有一片地區的森林叫做沉睡谷，據說會出現斷頭的騎士幽靈。他騎在自己的愛馬上，徘徊在蓊鬱的幽暗森林中。

「我看過以該傳說為題材的電影喔。」

「設定上，無頭騎士一直在尋找自己下落不明的首級吧。」

「然後呢？」

「我心想，絢音小姐妳該不會也是這樣。就像無頭騎士尋找自己失落的頭，徘徊在森林中……」

「意思是我也在尋找自己失蹤的身體，才徘徊在城鎮上？」

「不對嗎？」

「一開始可能是這樣。但我之前也說過，我早就放棄了。就算找到遺體，我也無能為力。」

「但我可以幫忙。因為我目前一半活著，一半死了啊。」

她可能期待某人幫忙尋找身體，所以才會化為【夏日幽靈】現身，一直等待。她是不是一直在尋找能聽見她，並且溝通的對象呢？

「具體而言就像之前一樣，幫我的靈魂脫離身體，在地面下搜尋。一旦發現裝著遺體的行李箱，就回到身體並報警告知位置，也可以自己前往該處挖掘地面。」

「友也同學你願意幫忙我嗎？」

「只要不造成絢音小姐妳的麻煩。」

「當然不會，反而很感激你呢。」

我鬆了一口氣。之前聽小葵和阿涼的意見後，我一直很在意。她明明沒有開口，我卻要幫忙尋找遺體。我本來擔心她會嫌我雞婆。

「但你為何願意幫我的忙？這對你沒有任何好處吧？」

「當作死前打發時間。反正人生就是這樣。」

「高中生的口氣還真不小。」

說到這裡，佐藤絢音的表情略微嚴肅，向我伸出右手。她的手臂輪廓彷彿融入背景，就像出自印象派畫家之手。

「拜託你了，友也同學。那你要從何時開始？」

「就從現在。趁夏季結束之前找到吧。」

我碰觸她的手，然後握住。接觸的瞬間，頓時感覺視野移位。靈魂似乎與身體分離了。

佐藤絢音拉住我的手，準確來說是我靈魂的手。被她拉出身體後，我在她的牽引下飄浮在空中。

在夜空中上升的同時，佐藤絢音看著我，一臉開心。幸好我鼓起勇氣提議。

身體留在地表，我的靈魂在空中移動。飛越郊外的荒地後，住宅區便映入眼簾，街燈與窗戶透出的光線照耀地表。

裝著她身體的行李箱究竟埋在哪一帶呢？我心想能不能縮小搜索範圍。

幾條長長的鐵路穿梭在住宅區，有好幾條鐵路公司的路線行經這片地區。我們從上空俯瞰這幾條軌道。

「絢音小姐遭到掩埋時，有聽見電車的聲音吧？」

「嗯，我隔著行李箱聽見，而且聲音十分清晰。」

「是什麼樣的聲音？發動機的聲音有沒有特徵？」

「我只能說是普通的電車。如果我是鐵路迷，或許光靠聲音就知道是哪間公司。但是很可惜，我只知道是電車行駛在軌道上的聲音。」

「那有聽見平交道的聲音嗎？」

「話說回來，好像沒有呢。」

意思是平交道附近可以排除在搜索範圍之外吧。

「聲音大約持續了幾秒？」

「我記不太清楚了，但應該有五秒吧，可能接近十秒鐘。」

「聲音聽起來速度很快吧。」

「是啊，給我的印象不像電車即將抵達車站前降低速度，而是

『唰——』一聲，疾馳而過的聲音。」

看來不在車站附近，應該尋找電車會加速行經的地點。另外聲音持續將近十秒，可以推測電車不只兩三節，而是很多節。

「不知道是否埋在鐵路旁邊某塊無人的空地呢。」

「或者撞倒我的駕駛就住在鐵路附近，有可能埋在他家的空地。以前我也曾經嘗試靠自己尋找。一旦有線索，就潛入鐵路附近的地面底下。比方說鐵路旁的獨棟住宅後院。可是要找的地方太

多，後來我就放棄了。」

日本到處都布滿了鐵路軌道。如果搜索範圍是所有鐵路旁的地面下，的確形同大海撈針。不過實際上應該能進一步限縮範圍。

她出車禍的地點似乎離家不遠，然後昏迷之際，被車子載到別的地方。她當時究竟失去意識多久呢？根據時間不同，掩埋地點的範圍也會有變化。

「車子撞到妳後，妳知道自己昏迷了多久嗎？」

比方說只過了短短十分鐘左右，她就在行李箱內醒來。若是這樣，就能推測她被埋在車禍現場十分鐘以內的距離。

「抱歉，我不知道。」

「血有乾掉嗎？」

「我不記得了。」

「那麼妳還記得，當時是幾點左右衝出家門嗎？」

「應該是晚上九點半左右。當時我和媽媽大吵了一架，我真傻……」

她閉起眼睛。如果當時沒吵架，她現在還活著。從她的話中可以感受到後悔。

「妳是離家多久後遭遇車禍呢？」

「大約十五分鐘後吧。」

意思是她大約晚上九點四十五分被車撞到，那她應該不至於昏迷好幾小時，因為這附近的末班電車在十二點左右。既然她在行李箱內聽到電車聲，很有可能是末班車之前的時間。另外駕駛還得弄來行李箱將她塞進去。扣掉這些雜事的時間，能開車從車禍現場移動的範圍頂多在兩小時內吧。

當然，她也有可能昏迷一整晚。這麼一來，她聽到的電車聲就是首班車之後，搜索範圍會變得很大……祈禱不是這樣吧。依照肇事者的心理，應該也想趁夜色掩埋行李箱。我不認為肇事者會等到首班車天亮之後。

向佐藤絢音打聽車禍現場的地址，我在腦海中想起附近的地圖。這時候無法使用手機的地圖軟體是件麻煩事。我以車禍現場為中心畫圓，列舉幾項符合條件的鐵路線搜索地點。

距離車禍現場開車兩小時以內；該處附近沒有平交道，電車可以高速穿越；而且列車的編組不短，連結的車廂相當多。雖然搜索範圍已經縮減了一定程度，但要尋找的地點還是很多。之後只能在地面下展開地毯式搜索了。

我們在夜空中飛行，從佐藤絢音老家附近的區域開始搜索。降落到鐵軌上後，我們的身體沉入鋪設碎石的地面。由於不存在物理層面的阻力，比潛入水中更容易，身體很順利潛入地面下。

「我猜測，妳應該埋在不太深的地方。」

「可能是。如果是以鏟子挖洞，頂多一公尺左右吧。」

我向她確認過，似乎沒有操作重型機具掩埋泥土的聲音。代表我們不用潛得太深，只要重點尋找較淺的地方即可，頂多接近市民泳池的深度。

地面下雖然不至於伸手不見五指，卻也算不上清晰。我可以分得出自己附近埋設的建築物地基或管線，可是太遠的東西就模糊不清，無法辨識。視野就像在混濁的水裡游泳。

根據體感，我們在地面下搜索行李箱大約兩小時。包括鐵路旁的荒地、田埂、沒有建築物的地面，或是獨棟住宅的庭院。在地面下飛行之際，我們還誤闖公寓的地下停車場，或是有地下室的房子。回到地表後，我確認鐵路的位置，和佐藤絢音討論。告知彼此的位置，同時持續搜索。可是並未發現行李箱。

不論繞多久都不覺得疲勞，但是中途佐藤絢音提議。

「差不多先到此為止吧。」

「我還可以繼續找。」

「我們能交談的時間快結束了。所以友也同學，你也得回到自己的身體內。」

「如果不回去會怎麼樣？」

我想像如果繼續維持靈魂狀態，會有什麼後果。該不會無法回到身體而沒命吧。其實這樣也無所謂。要說有什麼問題，就是即使成功鎖定行李箱的位置，也無法告訴活人世界的任何人。

「應該也不會怎麼樣，我隱約明白。就像我憑直覺知道，碰觸你就能帶你的靈魂脫離身體。等到時刻來臨，你應該只會在機場遺址的身體中醒來。」

「那就試試看吧。」

雖然一不小心，我有可能喪命。

我和佐藤絢音一同飄浮在鐵路上空，同時聊天打發時間。

「如果要在夏季結束前找到絢音小姐的遺體，就不能拖拖拉拉，接下來每天晚上來搜索吧。」

聽說一直有人爭論，該制定何時為夏季與秋季的分界。但是最好當成剩下的日子不多了。附帶一提，她似乎真的只在夏季出現，而且她有自覺。

「進入秋季就見不到面了，到明年夏天前我都無法出現。」

「為什麼呢？」

「因為盂蘭盆節在夏季吧？」

「原來絢音小姐是佛教徒嗎？」

盂蘭盆節似乎是日本自古以來的祖靈信仰，融合佛教後產生的節日。

「不是喔。但是幽靈大多在夏季出沒吧？電視臺也會播放靈異節目之類吧？雖然我以前害怕幽靈，所以絕對不看。」

「咦？」

「嗯？」

「算了，無妨。在夏季講鬼故事似乎也與盂蘭盆節有關。」

根據某位民俗學者的說法，有種傳統節目叫【盆狂言】。似乎是以安魂為主題，在盂蘭盆節時期於農村舉辦。後來歌舞伎界吸收這種趨勢，在夏季表演有幽靈登場的節目。例如『東海道四谷怪談』之類，命名為【納涼劇】。聽說因此讓大眾認為夏季就該講鬼故事。

「如果絢音小姐是墨西哥人，或許會在秋季的尾聲出現。」

「為什麼？」

「因為墨西哥的亡靈日在秋末啊。」

依照墨西哥習俗，死者的靈魂會在這一天回來。據說每年這個時期，在街上會舉辦與骷髏有關的活動，民眾上街慶祝。

類似的習俗就是在歐美文化扎根的萬聖節。與墨西哥亡靈日的時期幾乎相同。因此每當秋季的尾聲，在歐美就經常聽到幽靈或古怪的故事。

「友也同學不是高中生嗎，居然知道這麼多呢。」

絢音小姐表示佩服。

隨後我的視野突然一片黑。

感受到重力的我跪倒在地。我回到了自己在機場遺址的身體內。風中帶有夏夜的溼氣，跑道旁的雜草迎風搖晃，傳來沙沙的聲響。

熄滅的線香煙火掉落在我面前，空氣中還帶有火藥燃燒的氣味。佐藤絢音的身影已經消失無蹤。

在幽靈狀態下，我的靈魂應該離機場遺址相當遙遠。結果時間一到，我就瞬間返回身體內。是因為身體與靈魂的連結相當緊密嗎？還是在這種情況下，討論現實世界的地理距離沒有意義呢？

如果連續點燃線香煙火會怎樣？能趁今晚與她多見幾次面，盡情搜索行李箱嗎？可是一回到身體，我頓時覺得頭腦極度疲勞。彷彿超高速眼花撩亂地思考後一樣。話說上次也是這樣呢，是因為靈魂體驗的數小時記憶一口氣烙印在身體的腦中嗎？

「明天我會再來的。」

我向空無一人的跑道開口。相信她會聽到我的聲音後，我鑽過生鏽鐵絲網的破洞，踏上歸途。

隔天晚上，我再度抵達機場遺址。

線香煙火的火光一瞬間變強後，蟲鳴聲遠離，風戛然而止。

【夏日幽靈】就像從高聳的雜草縫隙中滲出，出現在面前。

在月光下，佐藤絢音依序看著我們開口。

「今天都到齊了呢。晚安呀，小葵，還有涼同學。」

剛才蹲在跑道上凝視煙火的小葵站起身，面露微笑。

「好久不見。」

阿涼伸出剛才插在口袋內的手，打了個招呼。

「友也聯絡後，我們來幫忙了。」

「因為四人一起找，比兩人找到的可能性更高。」

即使範圍縮小，但我們依然得在地面下摸索，幫手自然愈多愈好。於是我趁昨晚傳訊息給小葵和阿涼，告知佐藤絢音願意積極尋找自己的遺體，希望他們能提供協助。

上次在芳鄰餐廳討論時，兩人顯得不太積極，我原以為他們會拒絕。但他們說，如果佐藤絢音有意願就另當別論，因此決定加入。

「謝謝，雖然我無法報答你們。」

佐藤絢音一臉歉意。

「沒關係啦，我已經很感謝妳了。」

「我有做過什麼事情，值得涼同學你感謝嗎？」

「因為妳讓我認為死亡不等於消失。」

「我也是。能和絢音小姐談過真是太好了，所以我也想幫忙。反正我在家裡也是打電動和睡覺。況且這可能是我最後一個夏季，想留下一些回憶。」

「小葵只是不想被我們拋下吧？」

「才不是，為什麼要說這種話欺負人啦。」

「開玩笑的，開玩笑。」

然後我們立刻開始搜索行李箱。首先佐藤絢音一一將我們的靈魂拉出身體，我已經習以為常，阿涼與小葵卻不知所措。

「哇哇哇哇……！」

小葵上下顛倒，手腳不停掙扎。她想站在地面上，可是腳尖卻穿過地面，無法維持平衡。

「冷靜一點，小葵。妳必須保持鎮靜，在心中想著站起來才行。」

佐藤絢音邊扶著小葵的身體邊說明。在幽靈狀態下，她的身影不再模糊不清，也可以相互碰觸。小葵緊緊抓住她的手臂調整姿勢。

「絢音小姐，我好像不擅長飛行。」

她的聲音快哭出來了。

另一方面，阿涼只有一開始控制姿勢手忙腳亂。但似乎很快掌握訣竅，能自由在空中移動。

「真不得了。這樣連扣籃都輕而易舉耶。」

他邊旋轉邊飛越我的頭頂。擺出成功扣籃的姿勢，然後巧妙落地。

我們四人在夜空中飛行，前往搜尋行李箱的地點。另外我已告訴他們，我挑選搜索範圍的基準。飛越河槽地，俯瞰眼下的街燈，同時朝鐵路前進。小葵目前還只能搖搖晃晃地飛行，所以由佐藤絢音拉著她。她好像一放鬆就會突然掉下去，但還是對從空中看見的美景感動不已。

「今天就搜索這一帶吧。」

說著，我降落在離住宅區有點距離的地點。鐵路兩側只有木材堆置場與雜樹林。

「這裡看起來很適合掩埋裝了人的行李箱。附近沒有民宅，也不用擔心有人看到。」

阿涼環顧四周後表示，接著迅速潛入地面。他的身體穿過枕木與底下的碎石，消失在地面下。

「小葵就和我手牽手找吧。」

「那就拜託了。」

小葵與佐藤絢音一起下潛。

「如果發現類似的東西就喊一聲喔。」

即使地面下沒有空氣，我們的聲音依然能清晰傳達給對方。幽靈狀態下可能不是靠空氣震動傳輸聲音吧。

我們跳進地面下一公尺左右的淺層，尋找行李箱。但只找到埋在土裡的瓦礫，還有非法丟棄的巨大垃圾。即使找到可能裝人的大型四方型盒子，湊近一瞧卻發現是小型冰箱。另外只要集中精神，連埋藏的物體都能呈現半透明，如同可以透過四周的泥沙或土壤看見東西一樣，有點類似集中視線的焦點。所以我不用打開門，也能隱約得知埋住的冰箱內有什麼。結論是裡頭空蕩蕩的。

我和阿涼中途會合，討論對策。

「搜索相同地方並非好主意。我沿著鐵路朝東找吧。」

「那我往西找。還有最好仔細尋找路旁，或是能停車的空地附近。掩埋絢音小姐的凶手很有可能是開車載她的。」

「ＯＫ。」

感覺在四周搜索了大約一小時，但依然沒有結果。

接下來我們同樣在穿過住宅區的不同鐵路尋找。有人居住的區域，地面下就熱鬧許多。埋設了各式各樣的管道、纜線與建築物地基。我們跳進錯綜複雜的地面下，調查是否有埋著行李箱。

「在那裡稍微休息一下吧。」

過了一段時間後，佐藤絢音提議。她指著行駛在鐵路上的電車。燈火通明的車窗像念珠一樣連成一串，在夜晚中發光。我們穿過車廂進入電車內。這班車幾乎無人搭乘，我們一同坐在空位上。由於會穿過物質，所以我們呈現臀部接觸座位，飄在空中的狀態。不過這是想像的問題。坐姿給人休息的感覺，可以讓靈魂放鬆。

「始終一無所獲呢。」

「才第二天而已，沒那麼容易找到啦。」

電車的座位是橫排長座椅。坐在座位上，正面可以見到另一側的車窗玻璃。一般而言，我們的身影會映照在對面；但是車窗玻璃只反射無人座位，沒有我們的身影。讓我們實際感受到自己目前是幽靈。

「絢音小姐難道不恨凶手嗎？」

小葵開口詢問。

「如果我是幽靈，會天天晚上站在霸凌者的枕邊，害他們神經衰弱。難道妳對凶手沒有恨意嗎？」

佐藤絢音有權利憎恨凶手。如果她被車撞到後立刻送醫急救，或許還有機會保住一命。

「我沒有完全原諒凶手啊。不過連我自己都覺得奇怪，現在反而覺得無所謂了。雖然凶手掩蓋車禍意外，沒有向警察自首，應該受到制裁……可是比起憎恨他，如今我可能更後悔為何要和媽媽吵架。」

「絢音小姐思想很成熟呢。我打算在遺書上寫下霸凌者的名字與惡行。希望我死後能盡量讓他們後悔，或是感到害怕。」

這時候阿涼插嘴。

「算了吧，霸凌者才不會為這點小事後悔。這種爛人只會在葬禮上笑看妳的死，還用手機拍下來。」

「那該如何才能讓這些人受到精神傷害？」

「誰曉得，自己想吧。」

休息結束後繼續找行李箱，但是時間很快就到了。我們視野一黑，下一瞬間便回到機場遺址的身體內。

突然復活後受到重力的影響，小葵一屁股跌坐在地上。阿涼環顧四周，確認佐藤絢音不在。然後由於腦袋疲勞，我們都按著頭。

「今天先回去吧。」

我向兩人開口後，便離開機場遺址。

隔天，以及後天，我們都在搜索遺體。我白天在補習班念書，傍晚到車站與小葵和阿涼會合。帶著線香煙火跳上公車，前往機場遺址。

我事先傳訊息給媽媽，說我會晚點回去。用的藉口是在補習班做最後衝刺。很多學生在補習班念書到深夜，所以媽媽並未特別懷疑。而且媽媽也忙於工作，多半沒時間管我。

撕破素描簿那件事之後，我就不再畫畫了。只要我想，其實可以偷偷畫在筆記本上。如果不希望媽媽發現，大可租個寄物櫃之類藏在外頭。但我卻提不起勁，或許因為內心受到挫折。我親手毀了自己畫的畫，難道這件事導致我心中的重要事物崩塌了嗎？當時我如果反抗媽媽，拚命保護自己的作品，如今是否還會有心情畫畫？可是我卻選擇明哲保身。背叛的行徑導致心中的創作欲消失無蹤。或許創作欲對我這個人徹底失望了吧。

我有可能一輩子不再提筆畫畫，而這就是媽媽要的。她就是看準這種效果，才會逼我親手撕破自己的畫嗎？

小葵說出自己心中的憎恨。她恨霸凌自己的人，似乎想藉由自殺對他們造成精神打擊。

那我呢？如果問我恨誰，我應該會選擇媽媽。可是我沒有恨到會在遺書中留下恨意。目前我並不打算寫遺書。大人肯定會煩惱我為何走上絕路，最後可能推給念書念到神經衰弱，或是承受不了考試的重擔之類。

其實我只是失去活下去的欲望。覺得再活下去也沒有意義，想放棄自己的人生。我是膽小鬼，不敢做自己想做的事。還是服從媽媽的人偶，只會扮演優等生的空殼子。這就是我。如果可以自己選擇尋死，至少我能驕傲地說，我的人生屬於我。所以我才要自殺。

與小葵和阿涼面對的問題相比，我自殺的原因好弱，好丟臉。

我覺得活著好累。一言以蔽之，就這樣而已。

這世界上眾多不考慮自殺的人，為何能活下去呢？因為他們幸福？有未來的夢想？有生存目標的人很堅強。內心有相信事物的人十分堅毅。據說民眾信仰宗教愈多的國家，自殺率愈低。但究竟是教義禁止自殺，還是內心有堅定信念的人本來內心就強大呢？

尋找行李箱的過程中，阿涼開口。

「事後回想起來，我會這麼覺得，自己在世界上如白駒過隙，沒有對社會造成任何影響就消失，人生就像泡泡一樣。我想在死前做些什麼，才決定幫忙尋找【夏日幽靈】的遺體。也有可能對自己打籃球半途而廢念念不忘。大家都很幸運，有未來可言，我羨慕他們。我感受得到，自己心中愈來愈嫉妒能活很久的人。」

我們飄浮在能俯瞰鐵路轉轍器的地點上。

「如果不留任何痕跡死亡，那當初為何要誕生？我的人生究竟有何意義呢？」

我沒辦法回答阿涼的疑問，所以默默地聽他說。如果我隨口說出似是而非的回答，他肯定會瞧不起我。

事前縮小的搜索範圍中，我們已經調查了八成以上。結果還是一無所獲。究竟是哪裡漏掉了呢？幽靈狀態下的我們能在地面下高速移動。因此埋住的行李箱可能閃現在視野中，結果我們沒發現而漏掉。我無法保證沒有這種可能性。

「抱歉，如果我的飛行技巧再好一點，就能更有效率地尋找了。」

小葵表示歉意，她還是一樣無法順利飛行。佐藤絢音牽著她的手，陪在身邊。

「小葵的靈魂會前往妳想前進的方向。妳想去哪裡呢？來，仔細想想看。妳可以自由前往任何地方。」

佐藤絢音會不時鼓勵她，並且鬆開手。可是小葵只會在空中轉圈圈。好不容易往前進，下一瞬間卻會突然角度刁鑽地飛向別的地方。

「我的靈魂似乎不太會決定方向。可能因為我缺乏自信，畏首畏尾，哪裡都前進不了。只會鑽牛角尖地打轉，最後像逃跑一樣亂飛到不知名方向。」

聽小葵說她在學校遭到霸凌，拒絕上學，現在繭居在家中。可能因此對靈魂產生影響。

「沒關係，牽著我的手飛行即可。我會看著那邊，小葵妳幫我注意反方向即可。重要的是有人和我一起尋找我的遺體，視野變成兩倍，找到的機率也會增加。」

佐藤絢音鼓勵小葵。

我們像水肺潛水一樣，身體潛入鐵路旁的地面下。穿梭於埋設在地面下的建材叢林中，尋找行李箱。

休息時間，佐藤絢音反覆問我們相同的問題。

「為何你們會協助搜尋遺體呢？」

一開始是為了她。想挖出埋在地面下的行李箱，使她的遺體重見天日，讓她呼吸。可是現在連我也不明白了。

說不定我們三人都想嘗試接觸死亡。找到遺體，親眼目睹後，做好自己死亡時的心理準備。打開行李箱後出現的遺體，是佐藤絢音的身體。同時也是自己即將面臨的死亡。

我們四人在夜空中飛行。

地表上整片都是城鎮的燈火。

有多少家家戶戶的燈光，就有多少人生活其中。

光是想像就覺得好荒唐。

然後到了暑假最後一天的晚上。

就算八月結束，也不代表夏季到此告一段落。如果沒找到行李箱，就繼續找到進入秋季為止。雖然我這麼想，可是高中第二學期開學這件事更重要，而小葵到了九月依然拒絕上學。

「我還是會穿上制服，試圖前往學校。我不是不想去，可是一接近校舍，我就會嘔吐。然後蹲在路旁，一步都走不了。」

小葵的父母似乎也不打算強迫她上學。

「我父母基本上對我漠不關心。可能因為我是爸爸的拖油瓶。爸爸再婚，所以我和媽媽沒有血緣關係。」

當天夜晚，我們決定搜索縣界鐵路旁的地面下。這條路線行經住宅區外側，兩根鐵軌反射著月光。我們貼著地表飛行，同時穿越下班途中的上班族搭乘的電車。然後直接潛入地面。

起先的一小時毫無成果。

我們換個地點，繼續搜索。

「有發現嗎？」

在地面下錯身而過時，阿涼詢問。

「沒有。」

「如果連這裡都沒有，要找其他地方嗎？」

「可能得重新檢討搜索範圍。或者考慮到可能遺漏，得再找一次相同場所。」

這時候傳來佐藤絢音的聲音。

「友也同學，涼同學，你們在哪裡？」

聲音從頭頂上傳來。我和阿涼互望一眼，隨即上浮。

佐藤絢音獨自飄浮在鐵路上，本來應該和她手牽手的小葵不見蹤影。

「怎麼了嗎？」

「小葵不見了。」

她一臉困惑地表示。

「她剛剛一個人練習飛行。我放開手與她在一起飛，同時在地面下尋找。一開始她還能穩定飛行，可是我稍微離開視線，她就『咻——』一下不知飛到哪裡去……」

無法控制的小葵，動作很難預測。她會無視慣性定律，以刁鑽的角度飛行，所以很難跟上她。

「可以不用理她吧。」

「反正等一下時間到，她會自動回到機場遺址的身體內。」

阿涼同意我說的話。

「你們真是無情呢。」

佐藤絢音手扠胸前表示。

「她剛才往哪個方向飛過去了？」

「那邊。」

是鐵路延伸的方向。

「那我們在地面下搜索的同時，順道往那個方向看看吧。」

在幽靈狀態下，只要心中想飛，是不是能飛往任何地方呢？如果可以飛得比天高，應該也有機會超越平流層，離開地球。該不會還能潛入地底深處，人類尚未抵達的深淵吧。但神奇的是，我沒有嘗試的欲望。我莫名其妙地確信，活動範圍僅限自己所在的生活圈內。難道這就是身為浮游靈的自覺嗎？似乎不能隨心所欲地旅行呢。

我漫無目的地思考並且移動時，遠方出現貌似小葵的人影。

「喂——！」

有人搖搖晃晃飛過來。

「大家！快點過來！我可能發現行李箱了！」

小葵向我們揮手，同時大聲呼喊。

會合後聽小葵表示，發現行李箱純屬偶然。剛才她還和佐藤絢音一起飛，結果一不留神就失去平衡。她試圖調整姿勢，卻突然轉變方向，螺旋下墜並朝出乎意料的方向飛去。

即使她心想「拜託，停下來！」卻得到反效果。她像故障的火箭一樣，沿著鐵軌胡亂鑽進地面下又鑽出。

「好像緊緊抓著脫韁野馬一樣，剛才我真以為自己要死了。」

高高飛到城鎮上空後，她像流星一樣高速劃過夜空。據說還穿過好幾間公寓和民宅，才回到地面上。

經過全家在餐桌用餐的陌生民宅飯廳，還橫越老夫婦喝著茶看電視的客廳，以及店員正在排列商品的超商。

據她說直到飛抵鐵塔附近，才好不容易冷靜下來，得以控制姿勢。對不斷旋轉的視野感到厭煩，於是她閉起眼睛。然後回想佐藤絢音說過的話。

「小葵的靈魂會前往妳想前進的方向。妳想去哪裡呢？」

回過神來，她已經在空中靜止不動。

小葵這才鬆口氣，想回到原本的地點。只要沿著鐵路在地面下前進，應該能與我們會合。

然後她發現有條鐵路行經鐵塔旁。

她潛入地面下。穿過地面下沉後，眼前切換成混濁水中的視野。

「我心想大家不知道在哪個方向，該沿鐵路的哪裡走才能會合。當時我完全迷路了，傷腦筋的我在地面下思考，結果發現行李箱就在身邊。」

埋東西的地方很淺，距離她剛才下潛的地面還不到一公尺。根據她的說法，有個正好能裝人的箱型物體。

於是我們在小葵帶領下，前往該處。

那是一塊蓋了座鐵塔的荒地。位於郊外，周圍著金屬網。白色草花綻放的地面下埋著小葵描述的東西。是行李箱，大小足以讓人在海外旅行好幾週。我們默默地從略深的場所仰望。

定睛一瞧，行李箱外殼會呈現半透明，隱約可以透見內容物。地面下的泥沙與土壤都像混濁的水，呈現半透明狀態，甚至能隱約見到夜空中發光的月亮。因此看起來彷彿月光透過地表，照射到地面下。

「找到了。」

佐藤絢音說。

從行李箱內透出折彎的人類輪廓。

隨後我們的視野一黑。

時間到了，我們被迫回到在機場遺址的身體內。剛才手中的線香煙火，火球已經不再火花四濺，掉在跑到的地面上。我忍受頭腦的疲勞感環顧四周，確認是否有佐藤絢音的身影。

「還記得剛才的地點嗎？」

「大概吧。」

「做得好啊，小葵。」

「真的嗎？」

「嗯，是真的。因為是妳發現的啊。」

兩人看著我，眼神問我接下來要怎麼做。

「去看看吧。」

我開口後，兩人都點點頭。

離開機場遺址後，我們隨即動身。掏出手機以地圖程式確認剛才的地點，得知走路大約要一小時。在晚風的吹拂下，我們走在河槽地，越過縣境，行經住宅區。中途在便利商店休息，購買寶特瓶飲料。

「絢音小姐會怎麼樣呢。找到身體後，她真的會成佛消失嗎？」

小葵邊走邊說。

「誰曉得。畢竟她說過，她不相信天堂之類。」

這種情況下，成佛意指前往極樂淨土或天堂。即使沒有任何信仰，應該也會前往可以安寧的地方。何況連有沒有這種地方都存疑。

不知不覺中，阿涼跟不上來。他的呼吸急促，似乎劇烈消耗了體力。

「涼同學，你還好吧？」

小葵急忙趕過去，阿涼語帶自嘲地表示。

「這點小運動就喘成這樣，真丟臉……」

他一臉不甘心。

「你們先走，我休息一下就去。」

「我陪在他身邊。」

「好。」

留下兩人後，我急忙前往目的地。

我進入剛才幽靈狀態下盤旋的區域。鐵路穿過住宅區，車窗明亮的電車發出聲音駛過。我沿著鐵路朝住宅區邊緣前進，四周的風景逐漸單調，無人的土地愈來愈顯眼。

鐵塔的輪廓出現在前方樹叢的另一側。高高聳立的鐵塔彷彿上達星空，行李箱就埋在鐵塔底下，發現後我奔跑過去。

那塊土地沿著鐵路圍了大約三米高的鐵絲網，鐵塔就蓋在其中。

似乎得爬上鐵絲網才能進入這塊土地。我以手指勾住，鞋子尖端塞進鐵絲網孔洞內，撐起身體。部分鐵絲網有尖刺，撕裂了手部皮膚，傳來陣陣劇痛。我跨過鐵絲網，在土地內落地。

埋行李箱的位置在白色草花的正下方。我環顧四周，發現類似的草花。就是這裡。

想挖掘地面，我卻發現自己沒有任何工具。然後我找到一塊木板，有比沒有好。我抓起木板不斷插進地面，撥開挖鬆的泥土，眼看坑洞一點一點變大。

泥土濺到我的臉上，汗水跟著滴下來。手機這時候響起，我確認畫面，是媽媽的來電。因為下班回到家沒看見我的蹤影，媽媽才會打電話問我在哪裡吧。我關閉手機電源，專心挖洞。

有人喊我的名字。不知何時阿涼與小葵來到鐵絲網另一側。兩人似乎已經無力越過鐵絲網，所以他們看著我挖。

我以木板尖端插進坑洞底部，挖起泥土，然後反覆進行。手臂的肌肉發出抗議。現場只有我的急促呼吸聲，以及挖掘坑洞的聲音。我愈來愈疲勞，眼看快要累倒。

電車行經土地旁。車窗的燈光劃破黑暗，高速行駛的車廂發出震耳欲聾的聲響奔馳。

然後插進泥土的木板碰到東西，衝擊力讓我的手發麻。撥開泥土後，隨即露出像是行李箱的表面部分，是銀色的箱子。

見到我的模樣，阿涼與小葵在鐵絲網另一側喊叫。但我在疲勞之下，沒聽清楚兩人的聲音。他們好像在問我『有了嗎？』『找到了嗎？』汗水流進眼睛，我以滿是泥巴的手擦拭。

我撥掉所有沾在行李箱上頭的泥土。即使有些傷痕，箱子表面還挺乾淨。尺寸足以塞進一個屈身的人。然後我以手指勾住鎖具，試著撥動。雖然有些阻力，不過鎖依然『啪嚓』一聲開啟。看起來沒有其他的鎖。

行李箱就這樣打開了。

鐵絲網的另一側感覺到阿涼與小葵屏息以對。

然後我看著塞在行李箱的她。

「嘿喲。」

她站起身，伸了個懶腰，深呼吸一口氣。

吸足夜晚的空氣後，一臉滿足地回頭看我。

「謝謝你，友也同學。」

佐藤絢音說完面露微笑。

不過以上都是幻覺。

行李箱內裝著她的遺體。

六

見到晚歸的我，媽媽有點嚇一跳。大概因為我渾身沾滿了泥土。我撒謊應付她的質問，說從補習班下課後被不良少年纏上。見到我疲憊不堪的表情，媽媽似乎明白我並非閒晃到深夜。所以她相信了我的謊言。然後我洗個澡就寢，接著到了天明。

九月一日，聽說十八歲以下的人在這一天自殺的特別多。我忍耐全身肌肉疼痛，在第二學期第一天前往學校。

面熟的同學們都在教室內。班導師進入教室後，開始舉行早上的班會。暑假已經完全結束，回到日常生活。

「欸，妳有聽說嗎？我家附近好像發現了屍體耶。」

課間的休息時間，在教室內傳來聲音。

幾名女同學圍著桌子聊天。

「早上醒來後，發現好多警車停在那裡。好像有人在深夜報警呢。」

我趴在桌上裝睡，同時仔細傾聽她們的對話。

「大家都一身睡衣來到家門前，對發生的事情議論紛紛呢。」

好像是女同學的媽媽向鄰居打聽的。傳聞在鐵路沿線的土地，發現裝了行李箱的屍體。

得知警察有盡忠職守，我鬆了口氣。似乎沒有將報警當成惡作劇。昨晚報警的是我、小葵和阿涼，可是沒等警方抵達，我們就先跑了。行李箱表面事先以手帕擦拭過，以免留下指紋。

到家時，新聞已經全國聯播，說警方發現裝了遺體的行李箱。又過了幾天，新聞報導說鎖定了遺體的身分。佐藤絢音的名字與照片出現在電視上。警方還發表看法，認為她可能被捲入某些案件中。沒多久就有一名男子向警方自首。

男子是行李箱的持有者，也是三年前颱風夜開車撞到佐藤絢音的人。他飽受罪惡感苛責，見到一連串報導後，似乎認為自己再也逃不了。後來他向警方供稱一切，佐藤絢音的死因才真相大白。不過據說直到最後，依然不知道是誰從地面下挖出行李箱，並且匿名報警。

我、阿涼和小葵依然保持聯絡。每次有事件的後續報導，我們就交換意見。

九月中的時候，我們趁假日傍晚集合，在機場遺址點燃線香煙火。目的是嘗試能否見到佐藤絢音。最後一次與她對話是發現遺體的晚上。結果即使點燃線香煙火，她也沒出現。是因為已經過了夏季？還是遺體重見天日後，她已經滿足地升天了？連我們的意見都彼此分歧。

當天晚上我在夢中就見到她。

夢中的我和佐藤絢音在貌似遊樂園的地方散步。神奇的是，建築物與遊樂設施都是純白色，顯然並非現實場所。純白色旋轉木馬、純白色雲霄飛車、純白色花圃，連植物都是純白的。

佐藤絢音並未飄浮在空中，而是以兩隻腳站在地上走路。除了我和她以外沒看到別人，遊樂園內空蕩蕩。

「你究竟想做什麼呢？」

她向我開口。

我不知道她是基於什麼邏輯才這樣問我。

但既然在夢裡，或許思考邏輯才沒意義。

「我想搭搭看那個。」

我指向遠方可見的摩天輪。

連車廂都是統一的白色。

「我曾經想活下去。所以希望你也能活著。」

停下腳步的她看向我。

她長得好漂亮。

「只有活著才能畫畫，死了可握不了畫筆喔。」

我偶然想起，自己有一段時間沒畫畫了。

難道我心中還留有想畫些什麼的念頭嗎？

「絢音小姐，妳希望我活下去嗎？」

我追上再度邁開腳步的她。

「那當然。」

「為什麼呢？」

「因為我喜歡年紀比我大的人。」

這個回答出乎我的意料。

「友也同學，你仔細想想。如果你現在死了，你就永遠比我小囉。老實說，高中生不在我的選擇範圍內。如果你再活一段時間，年紀就會比我大，到時候再死吧。我不會騙你的。等你成為優秀的大叔後，再來我這裡吧。」

「……聽起來好沒意思。」

「我開玩笑的。不過我真的希望你能活下去，而且我的確喜歡比我大的人。」

佐藤絢音牽起我的手。

摸起來冰冰涼涼的。

「我很感謝你。多虧你找到我的身體，我才能回到媽媽身邊。我一直希望你的人生能獲得幸福。雖然我不知道究竟有沒有神明，會不會有人實現我的希望，但希望你別忘記我還惦記著你，並且為你祈禱。再見啦，友也同學，永別了。」

她說完這句話後，我就醒了。

我仰望自己房間的天花板，沉浸在夢的餘韻中。

隨著冬季的腳步接近，阿涼的身體愈來愈不行，代表疾病的確在侵蝕他的身體。這時候出乎意料，竟然收到他的聯絡。阿涼與小葵似乎開始交往了。

我都沒發現兩人何時展開這種關係。或許在我不知道的地方，兩人已經發生過許多事。但我選擇不干涉。

我向兩人傳訊息祝賀，立刻就收到回信，還傳來一張照片，是兩人在病房合照。阿涼躺在住院的病床上，已經骨瘦如柴。

十二月二十四日。在補習班結束考前衝刺後，我沒回家，前往車站附近的大樓。往來的行人穿著厚重的外套，街上洋溢著聖誕節音樂，行道樹在燈飾下五光十色。咖啡廳的窗戶掛著聖誕老人與十字架的裝飾。看到十字架，我就想起爸爸一直很寶貝的念珠。

這棟大樓我事先調查過。任何人都能輕易進入，搭電梯來到屋頂。屋頂距離地面足夠高，跳樓失敗活下來的機率也很低。大樓前方的行人稀稀落落，應該不會波及無辜。

有道柵欄圍住屋頂。接下來只要翻過去，從屋頂邊緣縱身一跳即可。

冰冷的寒風拍打臉頰，我將塞滿參考書與題庫的沉重書包放在腳邊。

我貼著柵欄俯瞰街道。車站周邊是精華地帶，因此高樓雲集。聖誕節音樂無法傳到屋頂上，四周只有風聲。

原本我計畫在過年前自殺。可是在夢中與佐藤絢音交談後，她的話觸動我的心弦。

「我曾經想活下去。所以希望你也能活著。」

其實我也可以宣稱那是我做的夢，並非真正的佐藤絢音。但若是如此，代表我的深層心理讓我做了那個夢。其實我內心深處希望自己活下去，所以才會創造她的身影與聲音，勸我不要自殺嗎？

或者那真的是來自佐藤絢音本人的訊息？為了向我道謝，特地在夢中出現呢？

其實我原本期待來到屋頂後，弄清楚自己到底想不想死。結果我還是不太明白。

那就翻過柵欄，試著站在屋頂邊緣吧。

嘗試身處於跳樓自殺前一步的狀態吧。

我甚至覺得自己可以飛起來。

在我手指即將勾住柵欄時，下雪了。白色的小顆粒緩緩遮住視野，彷彿羽毛從天而降。我抬頭一瞧，見到雪粒接連從夜空中產生，朝街道飄落。

「我一直希望你的人生能獲得幸福。」

不知為何，我的腦海中浮現她這句話，還有她說出口時的表情。反覆回味這句話，讓我心中感到溫暖，產生一股懷念的衝動，想趁腦海中的印象變淡之前畫下來的衝動。我想畫下她的身影，留在這個世界上。

結果我當天什麼也沒做，離開了屋頂。回家路上，國中時常去的美術用品店還在營業。於是我買了本新的素描簿。

即使過了年尾，我依然沒死。

「已經死了嗎？」

過年收到小葵傳給我這條訊息。

她可能還記得我之前說過，打算在年尾自殺。

「還沒死。」

我回覆她。

而且我要是死了，怎麼傳訊息回覆她呢？

然後我猶豫了一會，再度傳了一條訊息。

「我決定再活一段時間試試看。」

七

火球在線香煙火的尖端鼓起。包裹在紙撚裡的火藥融化後，化為高溫的火滴垂掛。

火球的下方比上方更明亮，顏色更鮮豔。因為四周的空氣經由熱量加溫後，產生上升氣流，朝下方輸送氧氣。火球微微顫抖，不久後開始啪滋啪滋地火星四濺。

一瞬間發出強烈光芒。蟲鳴聲突然消失，四周一片寂靜。這種感覺相隔有一年了。時間延緩，與這個世界的連結逐漸變得微弱。這是僅限此地才能產生的奇蹟。

小葵在我身旁。

阿涼站在我對面。

三人圍成一圈注視線香煙火。

「我們三人好久沒有像這樣聚在一起了呢。」

小葵表示。

我點點頭。

「是啊，最近有點忙碌，好不容易才能回來。抱歉讓你們久等了。」

「別在意，光是能見面就很高興啦。距離上次已經過了一年嗎？」

阿涼仰望天空。

早晨即將來臨的天空，與其說黑色，更像深藍色。

我想起佐藤絢音的身影。

她縹緲，若隱若現，存在還不穩定。

今年夏天尚未傳出目睹到她的情報。

「絢音小姐沒來呢，真可惜。」

小葵低聲說。若是去年夏天，這時候她應該已經出現了。不過現在絲毫沒有動靜。

「我想，絢音小姐肯定沒有任何遺憾了，所以才能前往下一個場所。」

下一個場所究竟是什麼樣的地方呢？即使不明白，但我們都應該祝福她。

她再也沒有出現過。【夏日幽靈】的都市傳說應該很快就會遭人淡忘，不會再有人想起。但是每當夏季來臨，我應該都會想起她。

「友也。」

阿涼向我開口。

「你最近怎麼樣？還好嗎？」

「以美術大學為目標，目前重考中。好不容易搬出來，開始一個人住。也因為搬家與打工占去不少時間，才很難回到這裡。」

想起這半年來發生的事，我就感慨良多。

暫時擱置自殺後，我決定再活一段時間。但我並未選擇升大學。考試當天我沒去考場，而是帶著素描簿在海邊散步。只要有喜歡的風景，就坐下來描繪景色。不知道是誰發現我人不在考場。可能是報考同一所大學的認識的人發現後，向大人報告。不知不覺中，我的手機多了好幾通來電。

媽媽方寸大亂，班導師氣憤難當，補習班老師感嘆惋惜。三人的反應都不一樣。大人都說我在浪費自己的人生，但我可不這麼想。原本預定報考好幾間大學，索取了申請書，還轉帳了考試費用，結果我一間考場都沒去。大人們情緒激動地嚷嚷，在我身上烙下失敗者的烙印。

沒有任何畢業出路的我，就這樣從高中畢業。我的行徑在校內無人不曉，走在走廊上都感受到他人的視線。似乎還有人謠傳，那個優等生終於不堪考試重負，發神經做出傻事。隨他們怎麼說吧。

以前我不敢公然反抗媽媽。甚至可以說，我靠言聽計從以明哲保身。究竟是什麼契機讓我不想再假裝乖乖牌呢？是因為身體接近成熟，不再認為媽媽說的話就是一切？或是想畫畫的欲望超越了對媽媽的畏懼？如今我決定小心翼翼，堅守自己內心的熱量。不受他人的言詞影響，即使受盡嘲笑，我依然願意相信心中湧現的衝動。

高中畢業後，我自行報名美術類大學的重考班，還因此和媽媽大吵一架。我並未徹底拋棄對媽媽的親情，也感激她工作到深夜維持家計。我不認為這樣足以讓母子關係決裂，從此形同陌路。

「是我生下你，你才會存在於這個世界上。」

我在內心某處尊重她這套創造主的理論，以前才會一直愧疚而不反抗。但我現在是以平等的身分看待媽媽，所以我才能果斷放下心中的內疚。

「我有時候覺得，假裝優等生活著是不是比較輕鬆呢。」

媽媽的冷笑與言語精神攻擊逼得我左右為難。但我終於能離開家裡，今後應該能過平靜的生活。

爸爸不知從何處打聽到我獨居，寄來明信片。連鄰居都在議論我的缺考風波，可能是和爸爸老交情的基督家庭主動告知吧。明信片上的插圖是天使簇擁的耶穌基督在天上飛。很長一段時間，爸爸住在哪裡始終成謎，不過明信片上有爸爸現在的住址。等我哪天習慣了一個人住，或許去找他也不錯。

「如今尋死的念頭已經遠離。雖然可能哪天又會萌生這種想法，但是死了就無法畫畫。我打算趁畫畫的欲望尚存之際，努力活下去。」

「聽到你這麼說，我就放心了。」

阿涼點點頭後，接著望向小葵。

「小葵妳也選擇活下去吧？」

「嗯，見涼同學最後一面時，你告訴過我吧。希望我活下去。」

「看來妳有確實聽進去呢。其實我一直很擔心，要是妳不聽我的勸該怎麼辦？那天我不是無法發聲嗎？」

「我從你的嘴脣動作看出來。所以我有聽見。」

據說小葵在病房見到阿涼的最後一面。當時我不在場，但聽說他已經憔悴不堪，而且在藥物影響下，意識已經模糊不清。小葵離開病房後過了半天，阿涼就走了。

線香煙火的火球四周飄著幾顆發亮的光點。我雖然鬆手，但目前時間呈現靜止狀態。所以線香煙火並未落下，而是固定在空中。

阿涼的輪廓隱隱約約，身影朦朧不清，和我們一年前交流過的【夏日幽靈】一樣。看起來明明在眼前，實際上卻似乎在遙遠的地方，就像海市蜃樓。

「因為我還有牽掛啊。不知道臨死前說的話，小葵有沒有聽進去。」

「所以才化為幽靈出現嗎？」

「畢竟是小葵嘛，有可能聽錯啊。」

「哪會啊。你也太不相信我了吧。」

小葵一臉氣噗噗。

「看妳有精神，我就放心了。這樣我也能安心前往下一個地方。」

我問出心裡在意的事。

「下一個地方是？天堂嗎？真的有喔？」

「誰曉得。」

「話說阿涼，為何你最後沒有自殺？」

剛住院的時候應該還可以活動，即使躺在病床上也能上吊。但他為何沒有採取行動？我一直想問他這個問題。可是隨著病情加劇，沒辦法和他輕鬆聊天，因此我不敢問。

阿涼一臉苦笑，嘴角一歪看著我。

「是因為你的關係，你傳訊息說你想活下去。所以我才決定活到最後一刻啊。」

「好像聽懂了，又好像不明白。」

「你要是沒死，只有我自殺，那不是很遜嗎？」

「問題在這邊？」

「與病魔奮戰到最後一刻的涼同學，真的很帥。」

小葵已經淚流不止。眼淚沾溼了臉頰。

「涼同學真的很了不起。我啊，現在已經會去學校了。其實我每天都想吐，心裡真的好想死。老是受人嘲笑，失敗受挫，傷痕累累，討厭一切。我很想死，難過又悲傷，很想逃跑。但是每當碰到這種情況，我就會想起涼同學。眼前浮現他奮戰到最後的身影，我就有勇氣站起來，思考活下去。所以一年前能認識你真的太好了。謝謝你，涼同學。」

阿涼伸手觸碰小葵的臉頰，手指試圖抹去她的眼淚。但是阿涼的手模糊不清，穿過小葵的臉頰與淚珠。他似乎無法干涉物質。

面露微笑的阿涼凝視小葵。

「其實我還想再和你們多談談。若是能讓你們的靈魂脫離身體，或許就能慢慢聊了。」

「要不要試試看？」

「我剛才試過了，就是觸碰小葵的時候。不過沒辦法。」

說著，阿涼試圖抓住我的手。但只見到他的手穿過，什麼也沒發生。

「看，你也不行。」

「為什麼呢？難道是功夫不到家？」

聽到我這麼說，他一臉錯愕。

「還問為什麼，友也，你連這麼簡單的事都不明白嗎？你們無法進入幽靈狀態，是因為你們兩人的靈魂想活下去。靈魂不願離開身體，所以我才無法拉出來。這一點我很肯定。」

線香煙火的火星四濺，從火球飛出的光粒在空中畫出軌跡，代表原本靜止的時間即將恢復原狀。

「似乎該道別了呢。」

我開口後，小葵一抹淚痕，對阿涼露出笑容。

「永別了，涼同學。能再次向你道別，真是太好了。」

「我也是。能和妳說話很開心，小葵。還有友也，我也感謝你。」

東方的天空逐漸明亮。黑夜在早晨驅趕下逐漸遠離，同時阿涼的身影也愈來愈淡。

「拜拜啦。」

他輕輕一揮手。

朝陽從遠方灑落，照耀在跑道上，他的輪廓隨即如融化般消失。

天空逐漸回想起夏季的湛藍。我們注視他剛才站著的位置一段時間。清風吹拂，跑道旁的茂密雜草迎風起伏，發出海潮般的聲響。

我催促小葵回鎮上。穿過鐵絲網的裂縫後，我們離開空地。途中，我從丘陵頂端俯瞰機場遺址，並且在心中向佐藤絢音告別。

然後我們分別回到自己活著的地方。

本書為全新作品。

Summer Ghost

小說・夏日幽靈

Summer Ghost

小說・夏日幽靈

嬉文化

小說．夏日幽靈
（原名：サマーゴースト）

小說作者／乙一
故事原案／loundraw
譯　者／霖之助
執行長／陳君平
美術總監／沙雲佩
國際版權／高子甯、賴瑜妗
榮譽發行人／黃鎮隆
美術編輯／陳聖義
內文排版／謝青秀
協　理／洪琇菁
執行編輯／石書豪
總編輯／陳昭燕
文字校對／施亞蒨

出　版／城邦文化事業股份有限公司　尖端出版
臺北市南港區昆陽街十六號八樓
電話：（〇二）二五〇〇－七六〇〇
傳真：（〇二）二五〇〇－二六八三
E-mail: 7novels@mail2.spp.com.tw

發　行／英屬蓋曼群島商家庭傳媒股份有限公司城邦分公司　尖端出版
臺北市南港區昆陽街十六號八樓
電話：（〇二）二五〇〇－七六〇〇（代表號）
傳真：（〇二）二五〇〇－一九七九

中彰投以北經銷／楨彥有限公司（含宜花東）
電話：（〇二）八九一九－三三六九
傳真：（〇二）八九一四－五五二四

雲嘉以南／智豐圖書有限公司
（嘉義公司）電話：（〇五）二三三－三八五二
傳真：（〇五）二三三－三八六三
（高雄公司）電話：（〇七）三七三－〇〇七九
傳真：（〇七）三七三－〇〇八七

香港經銷／一代匯集
香港九龍旺角塘尾道六十四號龍駒企業大廈十樓B&D室
電話：（八五二）二七八三－八一〇二
傳真：（八五二）二五八二－一五二九

新馬經銷／城邦（馬新）出版集團 Cite（M）Sdn. Bhd.
E-mail: cite@cite.com.my

法律顧問／王子文律師　元禾法律事務所
臺北市羅斯福路三段三十七號十五樓

二〇二四年六月一版一刷

■中文版■

郵購注意事項：
1.填妥劃撥單資料：帳號：50003021戶名：英屬蓋曼群島商家庭傳媒(股)公司城邦分公司。2.通信欄內註明訂購書名與冊數。3.劃撥金額低於500元，請加附掛號郵資50元。如劃撥日起 10～14日，仍未收到書時，請洽劃撥組。劃撥專線TEL：(03)312-4212 ・ FAX：(03)322-4621。E-mail：marketing@spp.com.tw

國家圖書館出版品預行編目資料

小說・夏日幽靈 / 乙一作；loundraw 原案；霖之助譯. -- 一版. -- 臺北市：城邦文化事業股份有限公司尖端出版：英屬蓋曼群島商家庭傳媒股份有限公司城邦分公司尖端出版發行, 2024.06

面；　公分

譯自：**サマーゴースト**

ISBN 978-626-377-808-5（平裝）

861.57　　113003663